Repères clés

Terminale

BAC
Enseignement scientifique

Avec la collaboration de
Élisabeth Le Prettre

rue des écoles

EAN : 9782820811769

Éditions rue des écoles
2 ter rue des Chantiers – 75005 Paris

Sommaire

De l'atmosphère primitive à l'atmosphère actuelle

L'essentiel du cours

Peu après sa formation il y a 4,57 milliards d'années, l'atmosphère devait être essentiellement composée de vapeur d'eau, de CO_2, et de diazote (N_2). Pourtant, aujourd'hui, notre atmosphère est composée essentiellement de N_2 et d'O_2 et le CO_2 ne représente que 0,03 % des gaz atmosphériques.

L'atmosphère primitive

- La Terre primitive a fortement refroidi après sa formation. La vapeur d'eau s'est alors condensée en eau liquide qui a formé les premiers océans terrestres. Une partie du CO_2 atmosphérique s'est solubilisée dans ces océans et, à la suite d'une série de réactions chimiques, s'est retrouvée piégée sous forme de roches carbonatées comme le calcaire.
- L'atmosphère est donc devenue beaucoup moins dense : elle ne contenait plus beaucoup de vapeur d'eau et n'était plus constituée que de CO_2 et de N_2.

L'apparition de la vie et son impact sur l'atmosphère

- Or, c'est à cette période que la vie est sans doute apparue dans les océans sous forme de micro-organismes de type bactéries. Certaines de ces bactéries, les cyanobactéries, réalisent la photosynthèse et ont formé des stromatolithes, dont les plus anciens spécimens connus ont un âge estimé à 3,5 Ga environ. La photosynthèse pratiquée à partir de ce moment par les êtres vivants s'est mise à consommer du CO_2 et à produire de l'O_2. La teneur en CO_2 atmosphérique a donc commencé à diminuer.
- Dans un premier temps, jusqu'à il y a environ 2,4 Ga, l'O_2 a oxydé certaines espèces chimiques comme des ions fer présents dans les océans, ce qui a entraîné la formation de roches telles que les fers rubanés qui constituent à l'heure actuelle les principaux gisements de minerai de fer exploités. Puis, à partir de −2,4 Ga, toutes ces espèces chimiques réductrices ayant été oxydées, l'O_2 a commencé à s'accumuler dans l'atmosphère jusqu'à en constituer environ 21 %.

L'atmosphère terrestre aujourd'hui

- Aujourd'hui, la teneur atmosphérique en O_2 est globalement stable. En effet, sa production par les êtres vivants photosynthétiques (on parle de sources d'O_2) est globalement compensée par leur respiration ainsi que par les êtres vivants non photosynthétiques qui en consomment (on parle de puits d'O_2).
- Quant au N_2, sa quantité globale dans l'atmosphère n'a presque pas varié au cours des temps géologiques, ce gaz étant extrêmement peu réactif. En revanche, il est devenu, en proportion, majoritaire.

Mots-clés à connaître

Atmosphère

L'enveloppe la plus externe que peut posséder une planète, composée de ses éléments les plus légers, majoritairement des gaz.

Enveloppes terrestres

Les différentes grandes couches qui constituent notre planète. En plus de l'atmosphère, on trouve notamment l'hydrosphère, constituée d'eau ; la lithosphère, la plus externe des enveloppes constituées de roches ; et la biosphère, constituée des êtres vivants et qui est particulière, car elle est dispersée dans les autres enveloppes.

Photosynthèse

La photosynthèse est un type de métabolisme énergétique conduisant à la synthèse de molécules carbonées, réduites par conversion de l'énergie lumineuse en énergie chimique. Son équation est la suivante :

$$6\,CO_2 + 6\,H_2O \xrightarrow{\text{énergie solaire}} C_6H_{12}O_6 + 6\,O_2$$

dioxyde de carbone — eau — glucose — dioxygène

Roches carbonatées

Roches majoritairement formées d'ions carbonates (CO_3^{2-}) associés à d'autres ions chargés positivement. La plus courante des roches carbonatées est le calcaire, formé principalement du minéral appelé la calcite qui est un carbonate de calcium ($CaCO_3$).

Roches carbonées

Roches, généralement assez riches en carbone (souvent plus de 50 %, mais leurs caractéristiques sont très variées), qui se forment à partir de la transformation de matière organique qui a été enfouie, chauffée et comprimée. Elles comprennent notamment les charbons, les pétroles et le gaz naturel. Malgré leurs noms presque semblables, elles sont très différentes des roches carbonatées.

Stromatolithe

Formation rocheuse calcaire constituant des massifs en chou-fleur. Les plus anciens datent de 3,5 Ga.

Fragment de stromatolithe australien très ancien, daté de 3,4 Ga.

La couche d'ozone

L'essentiel du cours

Une conséquence majeure de la présence d'O_2 dans l'atmosphère est l'existence de la couche d'ozone.

La formation et le rôle de la couche d'ozone

- L'existence d'une haute teneur en O_2 dans l'atmosphère a pour conséquence la formation naturelle d'un autre gaz, l'ozone (O_3). En effet, le rayonnement solaire, et plus spécifiquement les plus énergétiques de ses rayons ultraviolets (les UV-C), dissocie certaines molécules d'O_2 en 2 atomes d'oxygène. C'est ce que l'on appelle une photodissociation. Chacun de ces atomes d'oxygène, très instables isolément, réagit avec une autre molécule d'O_2 pour former une molécule d'ozone O_3. Ce phénomène a lieu essentiellement entre 20 et 40 km d'altitude, dans la couche de l'atmosphère appelée la stratosphère. Il est à l'origine de la formation de la couche d'ozone. Attention, il s'agit d'une zone de l'atmosphère enrichie en ozone sans que celui-ci en soit pour autant un composant majoritaire.
- Cet ozone stratosphérique absorbe, lui aussi par photodissociation, une grosse partie des rayonnements ultraviolets venant du Soleil : le reste des UV-C, quasiment tous les UV-B et une partie des UV-A. La couche d'ozone absorbant les plus dangereux des rayons UV, elle en protège donc les êtres vivants. Après sa photodissociation, l'ozone stratosphérique redonne un O_2 et un oxygène atomique pouvant réagir pour reformer soit de l'O_2, soit à nouveau de l'O_3. L'ozone est donc en permanence créé et détruit dans la stratosphère.

Les rayons UV

- Du fait de leur faible longueur d'onde, les rayons UV sont des rayonnements assez énergétiques, et ils peuvent endommager les molécules qu'ils rencontrent, comme l'ADN des êtres vivants. Le plus souvent, les rayons UV causent des mutations à l'ADN en soudant deux bases azotées thymine ensemble, formant ce que l'on appelle un dimère de thymine. Les mutations de l'ADN peuvent causer des malformations embryonnaires, des cancers ou même, si elles sont trop nombreuses, tuer les cellules touchées.

La protection de la couche d'ozone

- Un accord international, le protocole de Montréal, a été conclu pour limiter voire éliminer la production de certains gaz (notamment ceux appelés les CFC) dégradant la couche d'ozone. Il s'agit à l'heure actuelle du principal accord international environnemental qui a réellement été couronné de succès, le taux atmosphérique des gaz destructeurs d'ozone ayant fortement diminué.

Mot-clé à connaître

Rayons UV

Les rayons ultraviolets (UV) sont un type de rayonnement électromagnétique. Leur longueur d'onde est comprise entre 400 et 100 nm, ce qui les place dans le spectre des rayonnements électromagnétiques entre la lumière visible et les rayons X. Plus la longueur d'onde des UV est faible, plus ils sont énergétiques et plus ils sont dangereux. On distingue donc trois catégories d'UV : les UV-A (longueur d'onde 315 à 400 nm) qui sont les moins dangereux, mais quand même cancérigènes, les UV-B (280 à 315 nm) dangereux, et les UV-C (100 à 280 nm) très dangereux. Seuls les UV-A et les moins énergétiques des UV-B du rayonnement solaire parviennent jusqu'à la surface de notre planète, les plus dangereux des UV-B et les UV-C étant absorbés par l'atmosphère, notamment par la couche d'ozone. C'est ce qui rend la vie terrestre possible.

Schémas à connaître

Formation de l'ozone dans la stratosphère

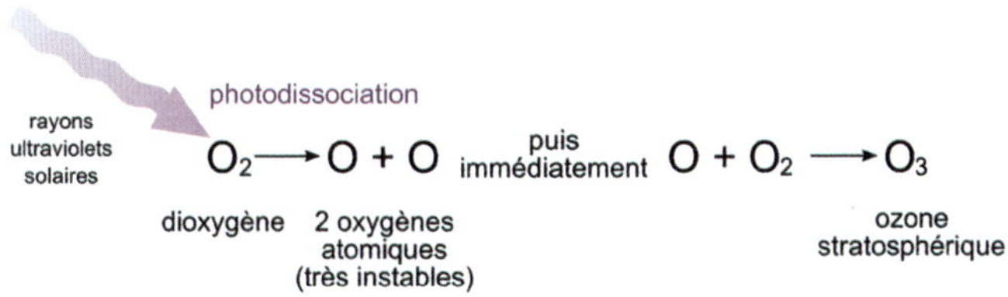

Rayonnement UV et mutation d'une molécule d'ADN

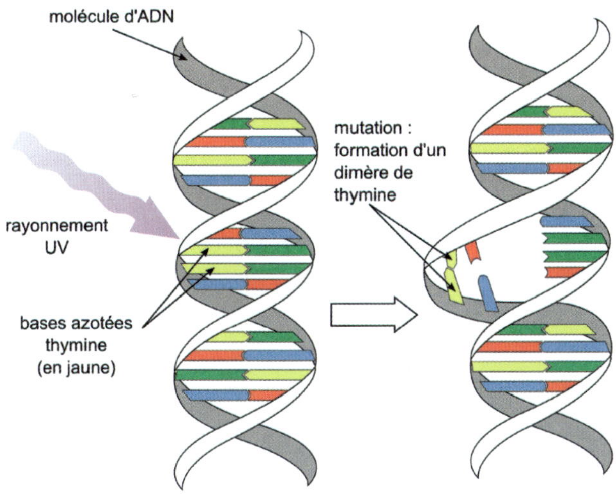

Le cycle du carbone

L'essentiel du cours

Les autres particularités de l'atmosphère terrestre, liées à la précédente, sont sa teneur en dioxyde de carbone (CO_2) et le rôle que la vie a joué et joue encore sur elle, via ce qu'on appelle le cycle du carbone.

Qu'est-ce que le cycle du carbone ?

- À l'heure actuelle, le CO_2 ne constitue plus que 0,03 % des gaz atmosphériques. Cependant, ce n'est pas parce que sa teneur est faible dans l'atmosphère qu'il ne joue pas un rôle important. Des échanges ont lieu entre l'atmosphère et les autres enveloppes de la Terre, qui aboutissent à faire varier la concentration de CO_2 atmosphérique. L'ensemble de ces échanges constitue ce que l'on appelle le cycle du carbone. Attention : on parle bien de cycle du carbone et pas de cycle du CO_2, parce que le CO_2 atmosphérique peut être transformé en d'autres espèces chimiques carbonées à la suite de son passage dans une autre enveloppe terrestre.
- Voici ci-contre une représentation simplifiée de ce cycle, valable à notre échelle de temps humaine et pas géologique. Les nombres sont donnés en Gigatonnes (Gt, soit un milliard de tonnes) de carbone. Il est important de se rendre compte qu'il s'agit d'estimations, et il faut comparer les ordres de grandeur des chiffres plus que les chiffres eux-mêmes.

Des échanges à l'équilibre ?

- De manière très résumée, on peut dire que du carbone est échangé entre l'atmosphère et trois réservoirs principaux : les êtres vivants (la biosphère), les océans (l'hydrosphère) et certaines roches (présentes dans la lithosphère) qui constituent la partie la plus importante du stock de carbone. Les échanges sont grossièrement à l'équilibre entre la majorité des réservoirs, les phénomènes qui retirent ou injectent du CO_2 dans l'atmosphère se compensant approximativement.
- Cependant, il existe une exception majeure : à l'heure actuelle, le flux de carbone est beaucoup plus important du réservoir des roches carbonées (gaz naturel, pétrole et charbon) vers l'atmosphère que dans le sens inverse. En effet, ces roches constituent nos principales sources d'énergie aujourd'hui.
- Cela signifie d'une part que ces sources d'énergie sont non renouvelables à notre échelle de temps humaine (et qu'il faudra bien utiliser autre chose quand il n'y en aura plus) ; d'autre part, nous sommes en train d'injecter dans l'atmosphère de grandes quantités de CO_2, originellement prisonnier de la lithosphère sous une autre forme.

Schémas à connaître

Cycle du carbone simplifié

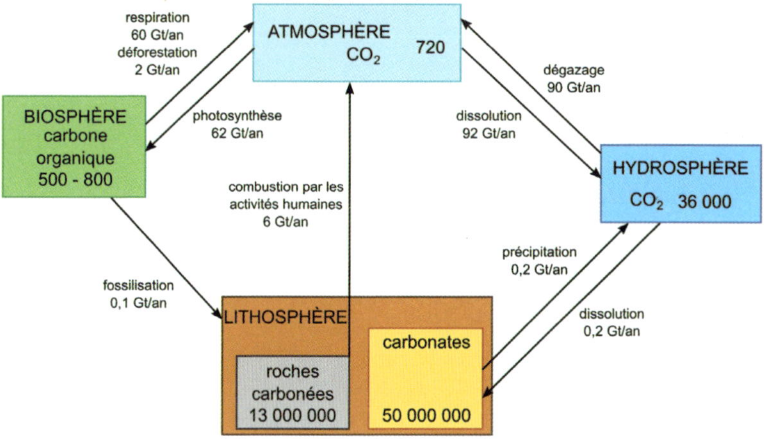

Les nombres indiqués sont en Gigatonnes de carbone

Répartition par poste de consommation de l'empreinte carbone en France

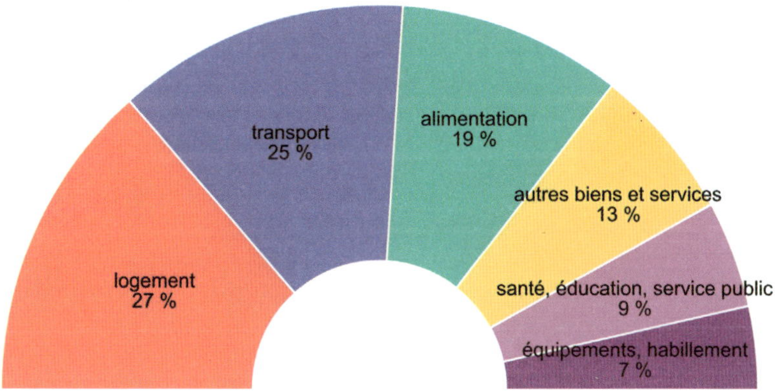

Le réchauffement climatique et ses causes

L'essentiel du cours

La température moyenne globale de la Terre a augmenté d'environ 1 °C depuis un siècle et demi. Cette augmentation, unique dans l'histoire de la Terre par sa rapidité, est ce que l'on appelle le réchauffement climatique.

Le forçage radiatif

- Le réchauffement climatique est dû à une augmentation de l'effet de serre sur notre planète. La Terre reçoit, comme les autres corps du système solaire, de l'énergie du Soleil sous forme d'un rayonnement électromagnétique, notamment dans le domaine de la lumière visible.
- En l'absence d'atmosphère, la Terre en réfléchirait une partie, mais absorberait le reste, ce qui l'échaufferait à une température moyenne que l'on peut estimer à environ –17 °C (à comparer avec les températures dans l'espace où il n'y a presque rien à chauffer et qui vont très approximativement de –270 à –170 °C). Cette chaleur serait ensuite réémise vers l'espace sous forme de rayons infrarouges.
- En revanche, l'atmosphère absorbe le rayonnement thermique infrarouge de la Terre. Échauffée, elle réémet elle-même un rayonnement thermique infrarouge dans toutes les directions. La moitié de ce rayonnement est donc perdu en direction de l'espace. Cependant, l'autre moitié est renvoyée en direction de la Terre et contribue de nouveau à son réchauffement, avant d'être réémise elle aussi sous forme d'infrarouges. L'atmosphère va la réabsorber, la réémettre pour moitié vers l'espace et pour moitié de nouveau vers la Terre. Et ainsi de suite.
- En quelque sorte, l'atmosphère force une partie du rayonnement infrarouge à ricocher, ce qui élève la quantité d'énergie reçue par la surface terrestre. Celle-ci est ainsi bien plus réchauffée : +15 °C en moyenne à l'heure actuelle, au lieu des –17 °C attendus.

Les gaz responsables de l'effet de serre

- Tous les gaz de l'atmosphère ne sont pas responsables du forçage radiatif, car tous n'absorbent pas les infrarouges. Les gaz concernés sont appelés gaz à effet de serre (GES). Ce sont principalement, par ordre décroissant de contribution à l'effet de serre dans l'atmosphère terrestre actuelle, la vapeur d'eau (H_2O à l'état gazeux, 60 %), le dioxyde de carbone (CO_2, 26 %), l'ozone (O_3, 8 %), le méthane et le protoxyde d'azote (CH_4 et N_2O, 6 % à eux deux).
- Tous ces gaz sont présents naturellement dans l'atmosphère. Cependant, les teneurs de certains d'entre eux (CO_2, CH_4 et N_2O) ont drastiquement augmenté depuis le début de l'ère industrielle (début du XIXe siècle environ), comme le montrent les dosages de l'air des bulles prises dans les glaces anciennes. La conséquence directe est une augmentation du forçage radiatif et donc de la température globale.

Mot-clé à connaître

Climat

Le climat est défini comme l'état des conditions de l'atmosphère, dans un endroit donné, pendant une période de temps assez longue. Les conditions atmosphériques associées à un climat donné, bien que variables d'année en année, sont relativement constantes. Il s'agit de : la température, la pression atmosphérique, le degré d'hygrométrie, la pluviométrie, la nébulosité, la vitesse et la direction des vents.

On distingue les climats locaux (que l'on peut définir sur des échelles géographiques variées, allant de quelques mètres pour les microclimats à des milliers de kilomètres pour les climats régionaux) et le climat global qui est celui régnant à l'échelle de la planète entière.

Schéma à connaître

Le forçage radiatif (ou effet de serre) : comparaison de la Terre sans et avec son atmosphère

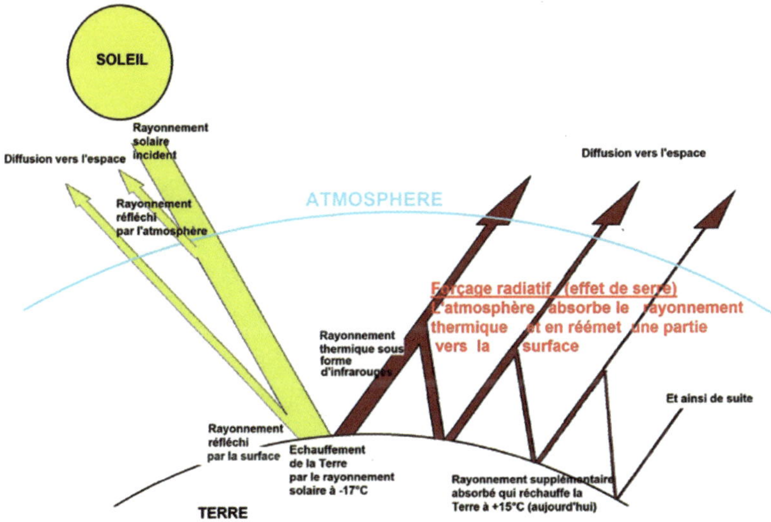

Les facteurs modulateurs du réchauffement climatique

L'essentiel du cours

Les facteurs modulateurs du réchauffement climatique sont des phénomènes qui n'en sont pas à l'origine, mais qui, soit l'amortissent, soit l'amplifient.

Les amortisseurs du réchauffement climatique

- Les principaux amortisseurs du réchauffement climatique sont les océans. En effet, ils absorbent non seulement une part importante de la chaleur excédentaire, mais également une part du CO_2 atmosphérique : celui-ci y passe sous forme dissoute. Cet effet amortisseur n'est cependant pas sans conséquence.
- Tout d'abord, l'augmentation de la température des océans (dans les faits, surtout le premier kilomètre près de la surface) entraîne une augmentation de leur volume par dilatation thermique : elle est la principale responsable de l'augmentation du niveau marin, évaluée à un peu moins de 20 cm depuis 1880. Contrairement à une idée répandue, la fusion des glaces continentales n'a pour l'instant que peu contribué à cette hausse, car l'essentiel de celles-ci – les inlandsis (glaviers de grande étendue et de grande épaisseur) du Groenland et de l'Antarctique – n'a pas encore été trop affecté par le réchauffement climatique. Quant à la fusion de la banquise, elle n'a quasiment aucun impact sur le niveau des océans.
- D'autre part, l'absorption de CO_2 par les océans conduit à leur acidification, ce qui a un impact sur la vie marine, comme en témoignent le blanchiment et la mort massive des coraux.

Les amplificateurs du réchauffement climatique

- D'une part, la hausse des températures entraîne une évaporation plus importante de l'eau océanique et donc une augmentation des teneurs en vapeur d'eau (qui est un important GES) dans l'atmosphère.
- D'autre part, la fonte des surfaces englacées, si elle n'a que peu d'impact sur le niveau de la mer, entraîne une diminution de l'albédo terrestre. La Terre, devenant moins réfléchissante, absorbe plus de rayonnement solaire, ce qui la réchauffe et provoque une accentuation de la fonte des glaces. C'est un cercle vicieux.
- Enfin, l'augmentation de la température entraîne un dégel du permafrost (sols normalement gelés toute l'année), qui contient beaucoup de matière organique. Cette matière organique, une fois dégelée, va être transformée par fermentation en CO_2 et en méthane (qui sont tous deux des GES), dont la teneur augmentera donc dans l'atmosphère.

Mots-clés à connaître

Rayonnement thermique

Rayonnement émis par un « corps chaud », c'est-à-dire un corps dont la température n'est pas au zéro absolu (−273 °C) et qui possède donc une certaine agitation thermique. Dans la gamme de températures qui nous est usuelle, ce rayonnement est invisible, car il est constitué de rayons infrarouges. La longueur d'onde de ce rayonnement est d'autant plus faible que la température d'un corps est élevée : nos yeux, sensibles à la lumière visible, commenceront à distinguer une partie de ce rayonnement (d'abord sous la forme d'un rougeoiement) lorsque la température se mettra à dépasser 700 °C environ.

Inlandsis

Énorme glacier d'échelle continentale, de plusieurs kilomètres d'épaisseur. Il en existe actuellement deux, celui du Groenland et le plus grand, celui de l'Antarctique.

Banquise

Glace qui se forme en mer lorsque l'eau des océans gèle.

Albédo

Capacité d'une surface à réfléchir la lumière. Un albédo de 1 correspond à une capacité à réfléchir la totalité de la lumière incidente (miroir parfait). Un albédo de 0 correspond à une absorption totale de la lumière et donc à une absence complète de lumière réfléchie (corps noir parfait).

Schéma à connaître

Variation de la température globale terrestre depuis 1 000 ans

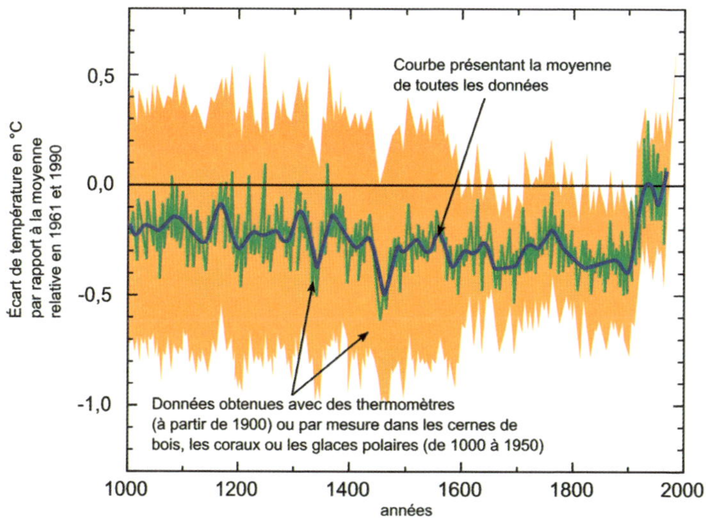

Fiche 6

Les modèles climatiques

L'essentiel du cours

Les nombreux modèles climatiques numériques sont basés sur des mesures et sur des calculs physiques, chimiques et biologiques. Ils prennent aussi en compte les activités humaines.

Comment fonctionnent les modèles climatiques ?

- On utilise des programmes informatiques de simulation numérique. On met en équation le système climatique selon les lois physiques connues : on choisit les paramètres essentiels qui le caractérisent (température, précipitations, etc.), et on décrit mathématiquement leurs interactions et ce qui contrôle leur évolution.
- Comme on ne peut pas résoudre les équations à l'échelle de l'atmosphère entière, on découpe celle-ci en de nombreux petits volumes : on réalise ce que l'on appelle un maillage, car ça ressemble à ce que l'on obtiendrait si on entourait la Terre avec un (gros) filet de pêche (en 3 dimensions). Chaque « petit » volume fait ainsi typiquement 200 km × 200 km × 1 km. Un ordinateur résout ensuite les calculs au sein de chaque volume et sur une durée de temps déterminée. Mais attention : l'atmosphère n'étant pas isolée des autres enveloppes terrestres (hydrosphère, biosphère, lithosphère), sa modélisation est couplée à celle des autres enveloppes.
- Afin de vérifier que les simulations obtenues sont valables, on confronte les résultats de ces dernières aux mesures et observations effectuées « en vrai ». Ainsi, les modèles climatiques sont utilisés depuis des décennies et ont été validés et affinés au fil du temps.

Les projections climatiques

- Ces modélisations permettent de réaliser des projections climatiques, c'est-à-dire de simuler le climat du futur. On fixe des paramètres correspondant à la situation actuelle, puis on calcule ce que serait le climat dans 10, 50, 100 ans. On peut ainsi comparer l'évolution du climat en fonction de plusieurs scénarios.
- Les prévisions des modèles climatiques s'accordent sur une augmentation de la température de 1,5 à 5 °C d'ici à la fin du siècle. Une augmentation de 1,5 °C correspond à un scénario où les émissions humaines de GES seraient immédiatement limitées. Une augmentation de 5 °C correspond à un scénario où l'augmentation des émissions se poursuivrait.
- Les conséquences prévisibles du réchauffement climatiques sont nombreuses : une élévation du niveau marin pouvant atteindre un mètre, une augmentation de la fréquence des événements climatiques extrêmes, une acidification des océans et un impact majeur sur tous les écosystèmes.

Mots-clés à connaître

Modèle climatique

Simulation numérique simplifiée du système climatique planétaire à moyen et long terme.

Projection climatique

Projection de la réponse du système climatique basée sur un scénario de concentration hypothétique de GES.

Scénarios RCP

Établis par le GIEC pour le XXIe siècle, quatre profils envisagés reliés aux trajectoires possibles des émissions de GES, du plus optimiste (RCP 2.6) au plus pessimiste (RCP 8.5).

Climatologie

La science qui étudie le climat est la climatologie. Elle analyse les variations des conditions atmosphériques et cherche à les expliquer sur de longues périodes de temps, pluriannuelles, séculaires, millénaires voire plurimillénaires.

Météorologie

La climatologie se distingue de la météorologie qui étudie, elle, comme son nom l'indique, les météores (de l'ancien français *metheores,* « phénomène qui se passe dans l'atmosphère »). Les météores sont, au sens large, les phénomènes atmosphériques, ce qui peut englober aussi bien les météorites que les éclairs, les nuages ou le vent. Concrètement, la météorologie se concentre sur ces derniers phénomènes et cherche à les expliquer et, souvent, à prédire leur apparition et leur évolution. Elle a donc un aspect plus concret et plus directement utilisable que la climatologie. De plus, la météorologie concerne des échelles de temps beaucoup plus courtes, typiquement de l'ordre du jour ou de la semaine.

Schéma à connaître

Un modèle climatique et son maillage

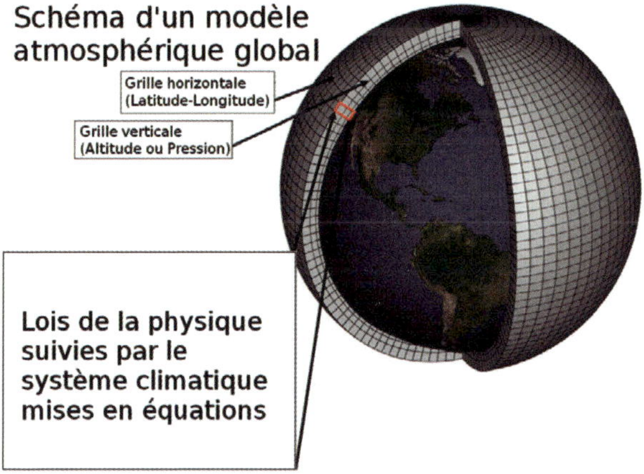

Les gaz à effet de serre

L'essentiel du cours

Le réchauffement climatique actuel ne fait pas partie des variations climatiques « habituelles » dues aux modifications cycliques des paramètres astronomiques de la Terre. Notre espèce en est responsable, notamment à cause de ses émissions de gaz à effet de serre (GES).

Le dioxyde de carbone

- Le principal GES produit par les activités humaines est le dioxyde de carbone (CO_2) : il est responsable à lui seul d'environ 60 % de l'effet de serre supplémentaire depuis 1750. Sa teneur a augmenté d'environ 30 %, passant de 0,028 % à 0,04 %. (Ces données ont été obtenues grâce aux dosages réalisés dans les bulles d'air emprisonnées dans les glaces anciennes du Groenland ou de l'Antarctique.)
- La principale source humaine de production de CO_2 est, de loin, la combustion des hydrocarbures d'origine fossile (gaz, pétrole, charbon). Les autres activités qui entraînent un dégagement important de CO_2 sont la déforestation (on brûle ou laisse se décomposer du carbone organique, ce qui le transforme en CO_2) et la production de ciment (en cuisant à haute température des argiles et du calcaire, on libère du CO_2 en plus de consommer beaucoup de combustibles fossiles).

Le méthane

- Le second GES important d'origine humaine est le méthane (CH_4) : il est responsable d'un peu plus de 30 % de la contribution anthropique à l'effet de serre. Sa teneur dans l'atmosphère est très faible, mais sa capacité à « générer » un effet de serre est 23 fois celle du CO_2. Sa teneur dans l'atmosphère a presque triplé depuis 1750.
- La principale source humaine de production de CH_4 est constituée par les fuites de gaz naturel (essentiellement du méthane, environ 20 % des émissions totales), suivie par l'élevage des bovins, ovins et caprins (environ 15 % en raison de la rumination) et la fermentation dans les décharges (environ 12 %) ainsi qu'au fond des rizières (environ 5 %).

Le protoxyde d'azote

- Le troisième principal GES produit par l'humanité est le protoxyde d'azote (N_2O), responsable d'environ 5 % de la contribution anthropique à l'effet de serre. Sa teneur dans l'atmosphère est extrêmement faible, mais il est 300 fois plus « puissant » que le CO_2 pour produire un effet de serre. Sa teneur dans l'atmosphère a augmenté de 20 % depuis 1750. Il provient principalement de la dégradation des engrais azotés, très utilisés en agriculture et au cours de processus industriels comme la fabrication de certains plastiques.

Schémas à connaître

Les principaux gaz à effet de serre d'origine humaine et leurs sources

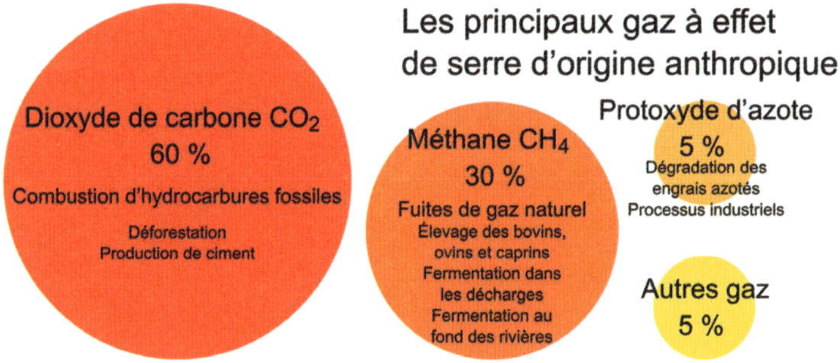

Différents scénarios d'évolution de la température globale d'ici à 2100, en fonction de l'évolution de la teneur atmosphérique en CO_2

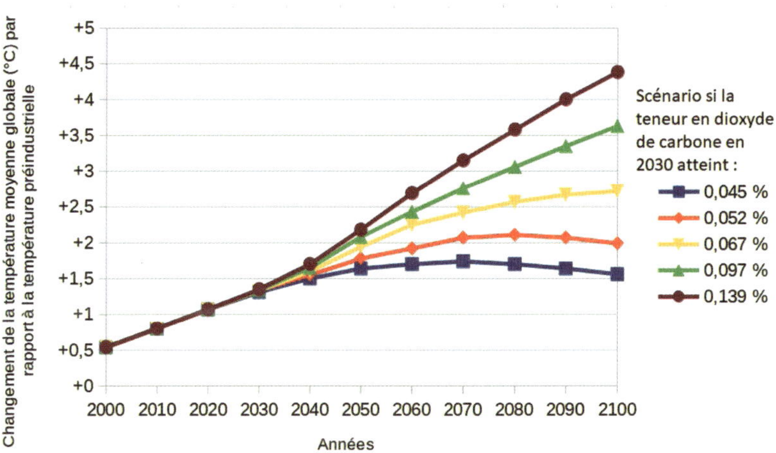

Ce schéma est une illustration, mais ne représente pas le résultat de simulations rigoureuses.

Consommation et sources d'énergie

L'essentiel du cours

Peut-on encore sauver la planète ?

Une consommation d'énergie inégale selon les pays

- La consommation d'énergie diffère de manière très significative selon les régions du monde. Son importance est directement liée au nombre de consommateurs et au PIB par habitant du pays. Si la croissance mondiale de la consommation d'énergie est un phénomène global – celle-ci a doublé ces 40 dernières années –, elle suit la courbe de l'évolution du nombre d'individus et celle de la croissance (richesse) de chaque pays.
- À titre d'exemple, la consommation totale d'énergie en France est restée globalement stable depuis les années 1990, avec une augmentation de sa population de moins de 10 millions d'habitants et une croissance du PIB par habitant inférieur à 2 % en moyenne annuelle.
- En Chine, en revanche, où ont considérablement augmenté le PIB par habitant (d'un facteur 20 environ) ainsi que sa population – frôlant aujourd'hui 1,4 milliard, soit une augmentation de 300 millions habitants en 30 ans –, la consommation totale d'énergie est passée de 700 millions de tep (tonnes d'équivalent pétrole, utilisé pour exprimer dans une unité commune les différentes sources d'énergie) à plus de 2 000 aujourd'hui.

Les sources d'énergie disponibles

- L'énergie utilisée par les humains dans le monde provient d'une diversité de ressources disponibles : les énergies primaires. Celles-ci sont disponibles sous la forme de flux (flux radiatif solaire, flux hydraulique, éolien et biomasse) et sous la forme de stocks (uranium et combustibles fossiles).
- La majeure partie de l'énergie consommée dans le monde est issue des combustibles fossiles : gaz naturel, tourbe, hydrocarbures et charbon. Ils sont utilisés notamment pour produire de l'électricité, mais également pour générer de l'énergie mécanique, indispensable par exemple pour le fonctionnement des voitures à essence. En France, le nucléaire représente environ 77 % de l'électricité produite.
- Aujourd'hui, les énergies non renouvelables représentent plus de 80 % de l'ensemble des sources d'énergie primaires utilisées dans le monde (mix énergétique mondial). Dans les énergies renouvelables, la biomasse et l'énergie hydraulique occupent 12 % de ce mix, tandis que la part du solaire, de l'éolien et de la géothermie en représente, malgré une forte croissance observée ces dernières années, seulement 2 %.

Mots-clés à connaître

PIB par habitant

Le produit intérieur brut (PIB) par habitant reflète principalement le niveau d'activité économique d'un pays.

1 tep

$\approx 4{,}1868 \times 10^{10}$ J

Énergie primaire

Source d'énergie issue directement des ressources du milieu et pouvant être exploitée par l'homme. Ainsi, l'énergie mécanique d'une chute d'eau, transformée en énergie électrique puis transportée, peut produire chez l'utilisateur : froid, lumière, énergie mécanique, chauffage, par exemple.

Combustibles fossiles

Combustibles riches en carbone, issus de la méthanisation d'êtres vivants morts et enfouis dans le sol depuis plusieurs millions d'années : charbon, pétrole, tourbe et gaz naturel.

Particules fines

Particules dont le diamètre est inférieur à 2,5 micromètres. Elles sont désignées sous le terme de PM2,5 (PM pour *Particulate Matter*).

Transition écologique

Ensemble de principes et de pratiques dont l'objectif est de réduire la consommation énergétique qui menace les écosystèmes et les conditions de vie de nombreux individus.

Groupe d'experts intergouvernemental sur l'évolution du climat (GIEC)

Le GIEC est un organisme international créé en 1988 afin « d'évaluer, sans parti pris et de façon méthodique, claire et objective, les informations d'ordres scientifique, technique et socio-économique qui nous sont nécessaires pour mieux comprendre les risques liés au réchauffement climatique d'origine humaine, cerner plus précisément les conséquences possibles de ce changement et envisager d'éventuelles stratégies d'adaptation et d'atténuation ». Il est composé de scientifiques et de représentants de nombreux États, et travaille sous l'égide de l'Organisation des Nations Unies (ONU).

Le GIEC ne fait pas lui-même de recherches scientifiques sur le climat, mais sa mission est de synthétiser les résultats obtenus dans le monde entier, afin d'informer les décideurs et les citoyens des connaissances actuelles sur le réchauffement climatique et de présenter des scénarios sur les futurs possibles. Il produit pour cela régulièrement des rapports qui portent chacun sur un aspect particulier (en 2019, l'une des publications portait spécialement sur les océans et la cryosphère (les glaces) dans le contexte du réchauffement climatique).

L'utilisation des combustibles fossiles et ses conséquences

L'essentiel du cours

Outre du CO_2, la combustion de carburants fossiles libère du N_2O, de l'O_3, des produits soufrés et des particules fines qui affectent la qualité de l'air respiré et les voies respiratoires qui y sont directement exposées.

Les particules fines

- Les particules fines sont appelées PM2,5 en raison de leur diamètre inférieur à 2,5 micromètres. Une taille infime qui leur permet, en cas d'inhalation, de pénétrer jusqu'au niveau des alvéoles pulmonaires. L'Organisation mondiale de la santé (OMS) estime que 1,3 million de décès seraient imputables à la pollution de l'air en zone urbaine.
- Certaines émissions de particules fines sont d'origine naturelle. Elles proviennent le plus souvent des éruptions volcaniques et de l'érosion due au vent.
- D'autres sont liées à l'activité humaine. Le chauffage (notamment au bois), l'utilisation de combustibles fossiles (carburants), les centrales thermiques et de nombreux procédés industriels génèrent de grandes quantités d'aérosols. Sur la planète, les aérosols produits par l'homme représenteraient près de 10 % de la quantité totale d'aérosols. L'augmentation de la pollution automobile, l'utilisation de navires marchands ou de ferries est également en cause.

Les conséquences de l'utilisation des combustibles fossiles

- On utilise de plus en plus souvent l'expression d'« empreinte carbone » quand on cherche à renseigner sur les émissions de CO_2 ou d'autres GES liées à une activité ou l'utilisation d'un bien de consommation. Les scénarios de transition écologique sont établis à partir d'hypothèses variables de la quantité de GES qui sera émise dans le futur. Les modèles prédictifs s'accordent tous sur le fait que le réchauffement climatique menace les écosystèmes et les conditions de vie de nombreux êtres humains.
- Les projections fournies par les modèles permettent de définir les risques et les aléas en fonction des régions, d'alerter les populations et d'orienter les prises de décisions des responsables politiques pour une mise en place efficace de cette transition. Celle-ci implique, quoi qu'il en soit, une baisse significative de la consommation globale d'énergie et une hausse de la performance énergétique des objets que nous utilisons. Elle implique aussi des déplacements de populations lorsque celles-ci sont menacées (déplacement de populations dans les zones inondables et utilisation de plants agricoles mieux adaptés au nouvel environnement climatique, par exemple).

Carte à connaître

Particules fines en France

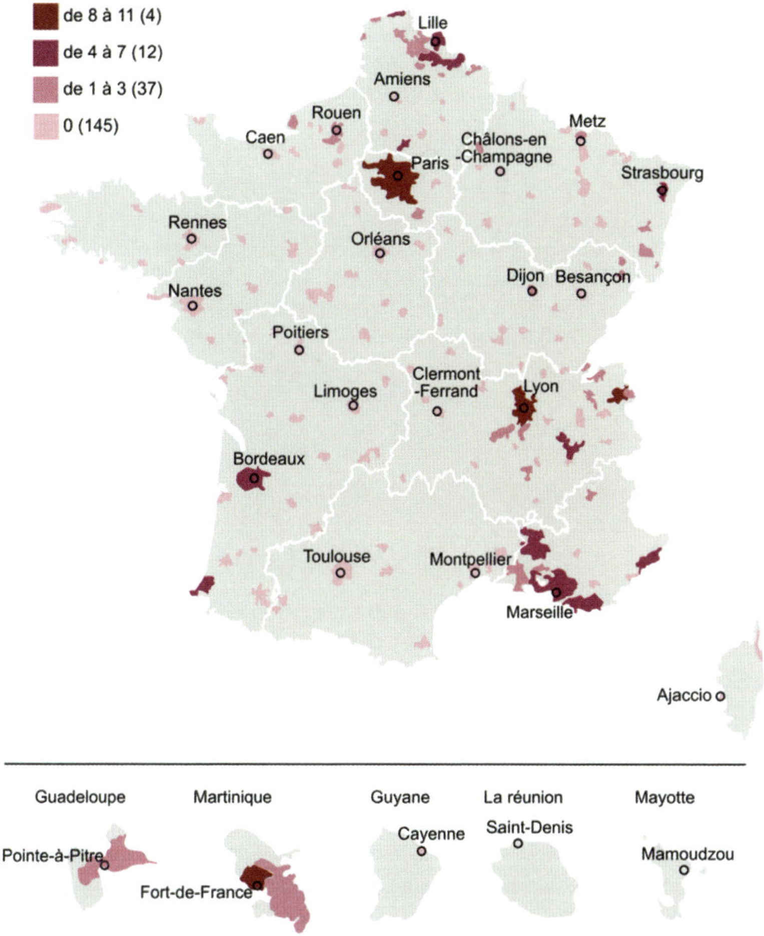

Fiche 10

Un long chemin vers l'électricité

L'essentiel du cours

Le magnétisme est connu depuis l'Antiquité : Thalès de Milet est certainement le premier à expérimenter l'attraction du fer par une pierre : la pierre de Magnésie. Au Moyen Âge, les Chinois créent la boussole qui utilise les propriétés de la magnétite.

Le magnétisme

- De nombreux scientifiques (Dufay, Franklin, Coulomb, etc.) contribuent, au cours des siècles suivants, à la mise en place des bases de l'électrostatique qui repose sur les découvertes des particules chargées et du courant.
- En 1820, Œrsted découvre qu'un fil transportant du courant est capable de faire bouger l'aiguille d'une boussole : il montre ainsi qu'il peut y avoir interaction entre l'électricité et le magnétisme. Plusieurs physiciens se demandent alors si, inversement, le magnétisme peut créer des effets électriques. L'année suivante, Faraday réussit à inverser l'expérience d'Œrsted : il fait tourner un câble parcouru par un courant électrique autour d'un aimant. C'est l'invention du moteur électrique. En continuant ses expériences, Faraday découvre l'induction électromagnétique.

L'induction électromagnétique

- L'induction électromagnétique est le phénomène correspondant à l'apparition d'un courant électrique (appelé courant induit) dans une bobine, grâce à un champ magnétique produit par un aimant ou un électro-aimant. Lorsque le champ magnétique se déplace, les électrons libres du fil vont bouger : ce mouvement d'électrons est, par définition, le courant électrique. Pour obtenir un courant électrique, il y a donc deux possibilités : déplacer le champ magnétique au voisinage de la bobine, ou déplacer la bobine au voisinage du champ magnétique.
- Plus la vitesse de déplacement du champ magnétique par rapport à la bobine est grande, plus les électrons du fil métallique sont perturbés, et plus le courant électrique est important. Plus le champ magnétique est intense, plus l'intensité du courant sera importante. De même, plus la bobine comporte de tours, plus l'intensité du courant est importante. Ce phénomène est à la base du fonctionnement de la plupart des convertisseurs d'énergie électrique, comme l'alternateur.
- Maxwell théorise les travaux de Faraday et d'autres scientifiques en proposant un ensemble d'équations qu'il présente à la Royal Society en 1864. Elles décrivent le champ électrique et le champ magnétique, ainsi que leurs interactions avec la matière.

Mots-clés à connaître

Magnétisme

Ensemble des phénomènes qui apparaissent lorsque l'on s'intéresse aux matériaux aimantés.

Électrostatique

Partie de la physique qui étudie les phénomènes liés à l'électricité statique, c'est-à-dire liés aux phénomènes observés lorsque deux objets chargés s'attirent ou se repoussent.

Courant induit

Courant électrique qui apparaît lorsque l'on déplace un aimant devant un conducteur électrique. Il s'oppose aux causes qui lui ont donné naissance.

Bobine

Elle est constituée d'un enroulement de fils conducteurs (souvent du cuivre). On peut aussi enrouler le fil de cuivre sur un noyau de fer.

Courant alternatif/courant continu

Un courant alternatif est un courant électrique qui circule alternativement dans une direction puis dans l'autre, à intervalles de temps réguliers (appelés période). À l'inverse le courant continu est le courant électrique qui circule continuellement dans une seule direction. Par convention, il va du pôle + vers le pôle – du générateur.

Transformateur

Appareil qui permet d'augmenter ou de diminuer la tension électrique qu'on lui met en entrée.

Histoire, enjeux, débats

La distribution d'énergie électrique au cours du temps

Les découvertes du XIXe siècle sur les machines électriques permettent la présentation de la première distribution d'énergie électrique alimentée par deux dynamos à l'Exposition internationale de Paris de 1881. Dès 1882, les premiers réseaux électriques apparaissent en France. La nécessité toujours croissante des besoins énergétiques conduit à construire des réseaux électriques de plus en plus vastes, et des centrales de production de plus en plus grandes.

À la fin du XIXe siècle, Edison, partisan du courant continu pour le transport et la distribution d'électricité, s'oppose à Tesla, promoteur de l'utilisation du courant alternatif. Le courant continu d'Edison est bien adapté aux moteurs et aux lampes à incandescence, qui constituent la grande majorité de la consommation électrique de l'époque. Le système est directement relié à des batteries d'accumulateurs, ce qui permet de stocker l'énergie lorsqu'on ne l'utilise pas. Mais le système d'Edison présente un inconvénient majeur : la chute de tension causée par la résistance des câbles oblige les centrales électriques à n'être distantes que de quelques kilomètres des points d'utilisation. La distribution à courant alternatif prônée par Tesla, couplée à des transformateurs haute tension, permet d'éloigner les centrales électriques du lieu d'utilisation. En outre, il est plus facile de modifier la tension du courant alternatif au moyen d'un transformateur.

L'alternateur

L'essentiel du cours

En 1820, Œrsted montre qu'un courant circulant dans un fil crée un champ magnétique. S'ensuit un enchaînement de découvertes en tout genre, notamment la conception d'alternateurs électriques.

De l'induction électromagnétique à l'alternateur

- Ampère réalise de nombreux travaux sur l'électromagnétisme qui vont servir à l'invention de l'électro-aimant par Arago en 1820, et à la construction du premier télégraphe électrique par Wheatstone en 1838. La découverte par Faraday en 1831 de l'induction électromagnétique permettra de donner naissance par la suite à l'alternateur, au moteur électrique et à la plaque à induction.
- Un alternateur est un dispositif qui permet d'obtenir du courant électrique en utilisant le phénomène d'induction électromagnétique. C'est donc un dispositif qui permet de produire de l'énergie électrique à partir d'énergie mécanique.

Fonctionnement de l'alternateur

- Plus de 95 % de l'énergie électrique est produite par des alternateurs : c'est l'élément principal des centrales électriques. L'alternateur est constitué :
  - du rotor qui est la partie tournante. Appelé inducteur, il est associé au mouvement : c'est souvent l'aimant (ou un électro-aimant) ;
  - du stator qui est la partie fixe. Appelé induit, il est constitué d'un enroulement de fils dans lequel apparaissent les courants électriques induits par le rotor ;
  - d'un système qui met en mouvement le rotor.
- Le nom d'alternateur vient du fait qu'il fournit un courant électrique alternatif. En effet, les électrons vont dans un sens puis dans l'autre, selon les pôles de l'aimant qu'ils ont devant eux.

Rendement de l'alternateur

- Par définition, le rendement de l'alternateur est donné par le rapport entre l'énergie utile (ou puissance utile) et l'énergie absorbée (ou puissance absorbée), où les énergies sont exprimées en joules (J), et les puissances en watt (W) :

$$\eta = \frac{\text{Énergie utile}}{\text{Énergie absorbée}}$$

$$\eta = \frac{\text{Puissance utile}}{\text{Puissance absorbée}}$$

- Le rendement est une grandeur sans unité. Le rendement dépend de la vitesse de rotation et de la charge utilisée, c'est-à-dire du courant débité. Actuellement, le rendement est proche de 1.

Mots-clés à connaître

Induction électromagnétique

Phénomène d'apparition d'un courant électrique dans un circuit s'il est soumis à un champ magnétique variable ; ou à l'inverse, phénomène d'apparition d'un champ magnétique autour d'un circuit s'il est soumis à un courant électrique variable.

Alternateur

Dispositif qui convertit l'énergie mécanique en énergie électrique.

Stator

Partie fixe dans un moteur électrique ; le plus souvent, la partie circuit électrique.

Rotor

Partie en mouvement dans un moteur électrique ; le plus souvent, la partie aimant.

Rendement

Rapport de l'énergie utile fournie par une machine à l'énergie absorbée qui lui a été fournie.

Schémas à connaître

Exemple d'alternateur

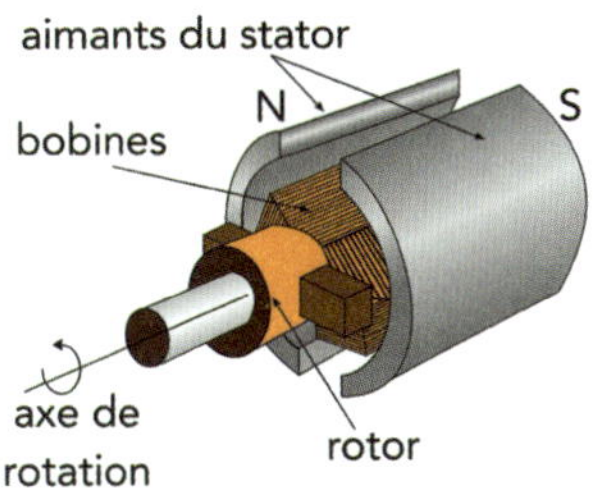

Le rotor est l'aimant, avec un pôle Nord et un pôle Sud. Grâce au mouvement, chaque pôle passe alternativement devant les bobines constituant le stator. Lorsqu'un pôle est devant une bobine, l'autre pôle ne l'est pas. Le passage de chaque pôle devant une bobine induit un courant électrique. Comme il y a alternance entre pôle Nord et pôle Sud, il y aura un courant électrique alternativement dans un sens, puis dans l'autre : c'est le courant alternatif.

Bilan énergétique d'un alternateur

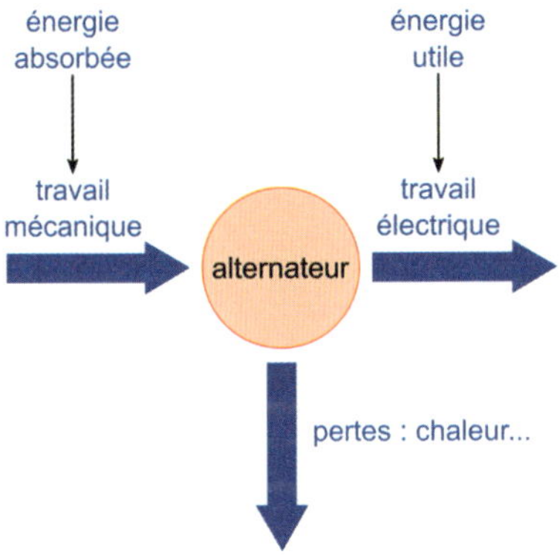

Un alternateur convertit l'énergie mécanique en énergie électrique avec des pertes sous forme d'énergie thermique. On observe des pertes (de chaleur, par exemple) pour tous les appareils traversés par un courant électrique.

Interaction lumière-matière

L'essentiel du cours

À la fin du XIXe siècle, les scientifiques remarquent qu'un métal éclairé avec une lumière ultraviolette peut émettre des électrons : c'est l'effet photovoltaïque.

La quantification de la lumière

- Comme Max Planck postule que l'énergie ne peut s'échanger que par paquets, Einstein en arrive à la conclusion, en 1905, que la lumière est constituée de petits « grains » (ultérieurement baptisés photons) porteurs d'un quantum d'énergie.
- En 1913, ces théories permettent à Bohr d'imaginer un nouveau modèle de l'atome. L'atome ne peut exister que dans certains états d'énergie, caractérisés par des niveaux d'énergie bien identifiés : on dit que les états d'énergie sont quantifiés.
- Les échanges d'énergie entre la lumière et la matière se font par paquets d'énergie appelé « quanta ». Chaque photon constituant la lumière porte un quantum d'énergie.

Les spectres d'émission de raies

- Ainsi, lorsqu'un atome passe d'un niveau d'énergie élevé à un niveau d'énergie plus faible, il perd de l'énergie qu'il émet sous forme de rayonnement. Chaque rayonnement émis ne peut avoir qu'une valeur très précise de longueur d'onde, qui dépend de la différence d'énergie entre les deux niveaux. On a ainsi un spectre d'émission de raies, où chaque raie correspond à une transition entre deux niveaux d'énergie. On dit que le spectre est discret (inverse de continu). Comme ces niveaux sont différents d'un atome à l'autre, chaque spectre de raies est caractéristique de l'atome considéré.
- Pour obtenir un spectre d'émission de raies, il suffit de soumettre les atomes d'un gaz basse pression à des décharges électriques, ou de les porter à haute température. Ainsi, chaque atome peut gagner de l'énergie en absorbant une énergie qui correspond à l'écart entre deux niveaux. Cette énergie, correspondant exactement à la différence d'énergie entre deux niveaux, sera libérée lors de la désexcitation de l'atome sous forme d'un photon.

Les semi-conducteurs

- Certains matériaux, appelé semi-conducteurs, exploitent l'effet photovoltaïque. Ainsi, lors de l'absorption d'un photon par le semi-conducteur, il y a apparition d'une tension aux bornes de celui-ci. Cette énergie lumineuse absorbée dépend de la longueur d'onde du rayonnement, mais également de la nature même du semi-conducteur.
- Ces matériaux sont donc des convertisseurs d'énergie lumineuse en énergie électrique. Les plus couramment utilisés sont le silicium ou le germanium.

Mots-clés à connaître

Effet photovoltaïque

Nom donné au phénomène d'apparition d'une tension aux bornes d'un matériau (semi-conducteur) éclairé par de la lumière.

Photon

Grain de lumière. C'est une particule de masse nulle, de charge nulle, mais ayant une énergie. Un photon peut être absorbé par un atome ou émis par un atome excité. Dans les deux cas, son énergie correspond à la différence d'énergie entre deux états de l'atome.

Quantification des états d'énergie d'un atome

Dans un atome, les électrons qui tournent autour de l'atome ne peuvent avoir que des énergies de valeurs discrètes (inverse de continues), on dit aussi discontinues.

Quantum (quanta au pluriel)

Les échanges d'énergie entre un rayonnement lumineux et la matière ne peuvent se faire que par « paquets ». Ces paquets sont appelés quanta et correspondent à la différence d'énergie entre deux états d'énergie pour un atome donné. Ils sont associés au photon qui est émis ou absorbé lors de l'interaction entre la lumière et la matière.

Spectre d'émission de raies

Il est obtenu par la décomposition de la lumière émise par un gaz basse pression. Ce spectre est constitué d'un ensemble de raies colorées sur fond noir, qui sont caractéristiques de l'atome émettant le spectre.

Schémas à connaître

Niveaux d'énergie et émission d'un photon

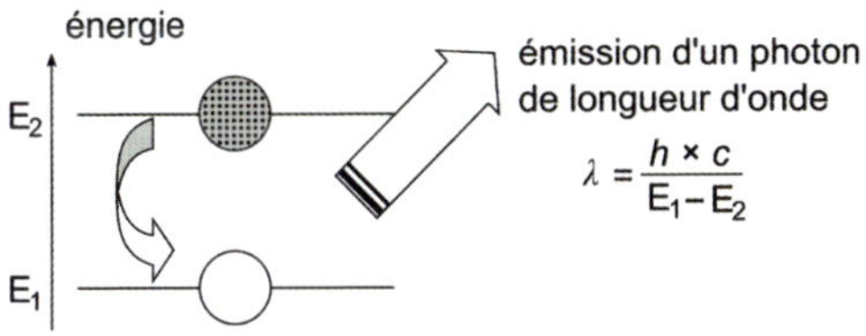

h est la constante de Planck et vaut : $h = 6{,}63 \times 10^{-34}$ J·s ; *c* est la célérité (vitesse) de la lumière dans le vide et vaut : $c = 3{,}00 \times 10^{8}$ m·s^{-1} ; E_1 et E_2 sont les énergies des deux niveaux d'énergie de l'atome. Elles s'expriment en joules (J). Lorsqu'un atome se désexcite, un photon de longueur d'onde λ est émis. L'atome effectue alors une transition entre deux niveaux d'énergie, de E_2 à E_1. L'atome change de niveau d'énergie par à-coup.

La cellule photovoltaïque

L'essentiel du cours

Un panneau photovoltaïque permet de produire de l'électricité à partir du rayonnement solaire. Il est constitué d'un ensemble de cellules photovoltaïques reliées entre elles. Son rendement est peu élevé, à cause des pertes d'énergie sous forme radiative (par réflexion) et par effet Joule.

La cellule photovoltaïque

- Les cellules photovoltaïques exploitent les photons d'Einstein. L'énergie solaire, qui est un flux de photons, peut arracher et déplacer les électrons d'un matériau exposé. Le mouvement des électrons qui en résulte correspond au courant électrique. Cet effet photovoltaïque est découvert en 1839 par Becquerel, mais il faut attendre les années 1960 pour qu'il trouve de réelles applications.
- Le matériau choisi pour les cellules photovoltaïques est un semi-conducteur comme le silicium. En effet, le spectre d'absorption des semi-conducteurs est proche du spectre solaire.

Caractéristique d'une cellule photovoltaïque

- Pour étudier une cellule photovoltaïque, il faut tracer sa caractéristique, c'est-à-dire la courbe de l'intensité en fonction de la tension $I = f(U)$, pour une puissance lumineuse absorbée donnée.
- La cellule photovoltaïque ne délivre pas un courant constant en fonction de la tension à ses bornes. Ainsi, on distingue trois zones (ci-contre) : la zone 1, où le courant varie peu, quelle que soit la tension ; la zone 2, où le courant diminue lorsque la tension augmente ; la zone 3, où la tension varie peu, quelle que soit l'intensité.

Puissance délivrée par une cellule photovoltaïque

- La puissance fournie par la cellule est donnée par la relation : $P = U \times I$, où P est en watt (W) ; U est la tension aux bornes de la cellule en volt (V) ; I est l'intensité du courant qui circule en ampère (A). La puissance maximale P_m est donnée par le produit de la tension maximale et de l'intensité maximale. Elle correspondra à la valeur de la tension et de l'intensité de la zone 2. Pour déterminer précisément la puissance maximale, il faut superposer à la caractéristique de la cellule photovoltaïque précédente, la courbe donnant la puissance de la cellule en fonction de la tension à ces bornes.
- On appelle point de fonctionnement le couple de valeur (I_m, U_m) conduisant à la puissance maximale P_m : $P_m = U_m \times I_m$. Il permet de maximiser le fonctionnement de la cellule photovoltaïque et déterminer la résistance d'utilisation : $R = \frac{U_m}{I_m}$, ù R est en ohm (Ω) ; U_m est la tension maximale en volt (V) ; I_m est l'intensité maximale du courant en ampère (A).

Mots-clés à connaître

Matériau semi-conducteur

Matériau qui a les caractéristiques électriques d'un isolant, mais aussi celles d'un conducteur puisqu'il a des électrons libres.

Énergie radiative

Forme d'énergie correspondant à un rayonnement.

Cellule photovoltaïque

Cellule capable de convertir l'énergie solaire en courant électrique ; elle est constituée de matériaux semi-conducteurs.

Effet Joule

Perte d'énergie par transfert thermique.

Loi d'Ohm

La tension U aux bornes d'un conducteur ohmique est égale au produit de sa résistance R et de l'intensité I du courant qui le traverse. Soit $U = R \times I$, où U est en volt (V), R est en ohm (Ω) et I est en ampère (A).

Schéma à connaître

Caractéristiques intensité-tension et puissance-tension

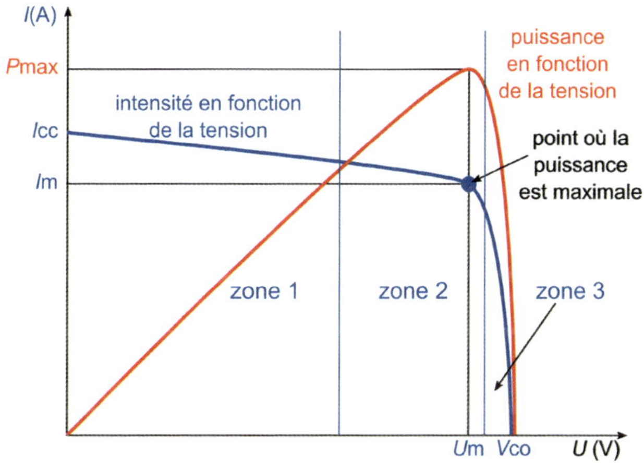

On appelle intensité de court-circuit notée I_{cc}, la valeur de l'intensité obtenue lorsque l'on relie les deux bornes de la cellule par un fil, c'est-à-dire lorsque U = 0 V. On appelle tension à vide notée V_{co} (tension en circuit ouvert) la tension aux bornes de la cellule lorsqu'elle n'est pas connectée, c'est-à-dire lorsque I = 0 A. Chaque caractéristique dépend de nombreux facteurs, comme le type de semi-conducteur, l'ensoleillement, la température de la cellule ; mais elle est toujours constituée de trois zones. La puissance maximale se trouve pour une tension et une intensité de la zone 2 de la courbe intensité-tension.

La production d'électricité (1)

L'essentiel du cours

La conversion directe d'énergie mécanique et la géothermie sont des moyens de produire de l'électricité.

La conversion d'énergie mécanique directe

- La conversion d'énergie mécanique directe par le barrage d'une centrale hydro-électrique, une dynamo ou une éolienne ne nécessite pas de combustion. Cette conversion se fait directement.
- Un barrage hydro-électrique retient l'eau et crée un lac en hauteur. Ce lac constitue une réserve d'énergie électrique sous forme d'énergie potentielle. L'ouverture des vannes du barrage produit un filet d'eau à très grand débit, qui vient frapper, en bout de course, une turbine. La rotation des turbines entraîne des alternateurs qui produisent du courant électrique.
- La dynamo permet de produire de l'énergie électrique par rotation d'un aimant devant une bobine. Elle produit un courant continu, contrairement aux alternateurs.
- Les éoliennes utilisent l'énergie cinétique du vent : elles transforment la rotation des pales sous l'action du vent en énergie mécanique, puis en énergie électrique grâce à l'alternateur. En effet, avec le vent, le rotor fixé en haut du mât se met à tourner devant le stator, produisant ainsi l'énergie électrique. On obtient du courant alternatif.
- Les hydroliennes fonctionnent sur le même principe que les éoliennes, mais elles sont constituées par une turbine hydraulique qui utilise l'énergie cinétique des courants marins.

La conversion d'énergie mécanique à partir de la géothermie

- La géothermie tire parti du fait que la température du sol est constante. Dans certains lieux, la chaleur est plus élevée qu'ailleurs. En effet, le magma remonte à la surface et réchauffe les roches qui l'entourent. C'est ce qui se passe dans les sources chaudes, par exemple. L'eau de pluie s'infiltre et constitue ainsi, dans le sous-sol, un réservoir à haute température. Dans une centrale géothermique, l'eau est ensuite pompée jusqu'à la surface et se transforme en vapeur. Cette vapeur entraîne la rotation d'une turbine qui fait fonctionner un alternateur. On obtient un courant électrique alternatif. Un transformateur élève ensuite la tension du courant électrique pour le transport.

La chaîne énergétique

- Pour décrire les conversions d'une forme d'énergie en une autre qui s'opèrent dans un dispositif technologique, on représente un diagramme appelé chaîne énergétique. Une chaîne énergétique fait apparaître toutes les formes d'énergie qui interviennent dans la conversion.

Mots-clés à connaître

Chaîne énergétique

Schéma qui représente l'ensemble des conversions d'énergie qui ont lieu dans un dispositif de conversion.

Ressources fossiles

Ressources correspondant au pétrole, au gaz naturel et au charbon.

Centrale électrique

Site industriel qui produit de l'électricité. Il existe différents types de centrales électriques : nucléaire, hydraulique, etc.

Énergie cinétique

Énergie que possède un objet en mouvement par rapport à un autre. Elle dépend de la vitesse de cet objet.

Énergie potentielle

Énergie que possède un objet en hauteur par rapport à un autre. Elle dépend de l'altitude de cet objet.

Turbine

Système qui peut se mettre en rotation sous l'effet d'un fluide. Elle est souvent couplée à un alternateur pour produire de l'électricité.

Convertisseur

Système qui transforme une énergie en une autre.

Transformateur

Appareil qui transforme la tension et l'intensité du courant reçu en des tensions et intensités plus grandes ou plus petites selon les besoins.

Dynamo

Appareil qui génère de l'énergie électrique (sous forme de courant continu) à partir d'énergie mécanique. Elle n'est plus utilisée actuellement pour produire de l'électricité de manière industrielle.

Schéma à connaître

Schéma du barrage d'une centrale hydro-électrique

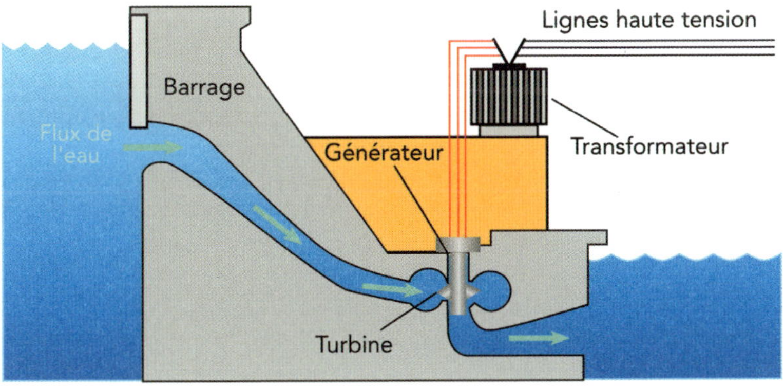

La production d'électricité (2)

L'essentiel du cours

Il existe d'autres formes de production d'électricité : la conversion d'énergie radiative, la conversion électrochimique, la conversion indirecte d'énergie mécanique.

La conversion d'énergie radiative

- Les panneaux photovoltaïques permettent de convertir l'énergie radiative en énergie électrique. Ils fonctionnent grâce à l'effet photoélectrique. Les photons captés par la surface des panneaux transfèrent leur énergie aux électrons du matériau qui les constituent. Ceux-ci se mettent en mouvement, produisant ainsi de l'électricité.
- Les panneaux solaires thermiques sont constitués de tubes noirs qui absorbent le rayonnement et convertissent cette énergie radiative en énergie thermique. Celle-ci est ensuite transférée à un fluide qui met en mouvement une turbine reliée à l'alternateur qui produira l'électricité.
- Les centrales solaires exploitent aussi l'énergie radiative, mais différemment : les rayons du soleil arrivent sur des miroirs qui focalisent l'énergie solaire sur un capteur. Le fonctionnement est ensuite identique à celui des panneaux solaires thermiques.

La conversion électrochimique

- Les piles et accumulateurs ont été inventés au XIXe siècle. Les piles délivrent de l'énergie électrique par une réaction d'oxydoréduction. Les accumulateurs fonctionnent sur le même principe, à la différence qu'ils peuvent être rechargés.
- Les piles et les accumulateurs mettent en jeu deux couples oxydant/réducteur. Chaque couple forme une demi-cellule électrochimique. La connexion entre ces deux demi-cellules constitue une pile. Lors de leur décharge, les piles ou les accumulateurs convertissent l'énergie chimique en énergie électrique.
- Les piles à hydrogène, aussi appelées piles à combustible, convertissent l'énergie d'un combustible (l'hydrogène) en énergie électrique.

La conversion indirecte de l'énergie mécanique

- Dans les centrales nucléaires, des noyaux d'uranium, combustible fissile, sont cassés après avoir été bombardés par des neutrons : c'est la fission nucléaire. Il y a alors libération d'une grande quantité d'énergie, sous forme de chaleur qui est utilisée pour transformer l'eau en vapeur dans le circuit primaire. Le circuit secondaire amène la vapeur à la turbine, produisant ainsi l'électricité.
- L'uranium est une ressource d'énergie non renouvelable : au rythme actuel, il reste un siècle de consommation.

Mots-clés à connaître

Rendement d'un convertisseur d'énergie

Le rendement d'un convertisseur est par définition : $\eta = \frac{E_{utile}}{E_{reçue}} = \frac{P_{utile}}{P_{reçue}}$, où η est le rendement (sans unité) ; E_{utile} (resp. P_{utile}) est l'énergie (resp. la puissance) utile à la sortie du convertisseur, en J (resp. en W) ; $E_{reçue}$ (resp. $P_{reçue}$) est l'énergie (resp. la puissance) reçue à l'entrée du convertisseur, en J (resp. en W).

Fission nucléaire

Réaction au cours de laquelle un noyau atomique lourd est scindé en deux ou plusieurs noyaux plus légers.

Fusion nucléaire

Réaction au cours de laquelle deux noyaux légers s'unissent pour former un noyau plus lourd.

Schémas à connaître

Chaîne de transformation énergétique à partir de différentes ressources primaires

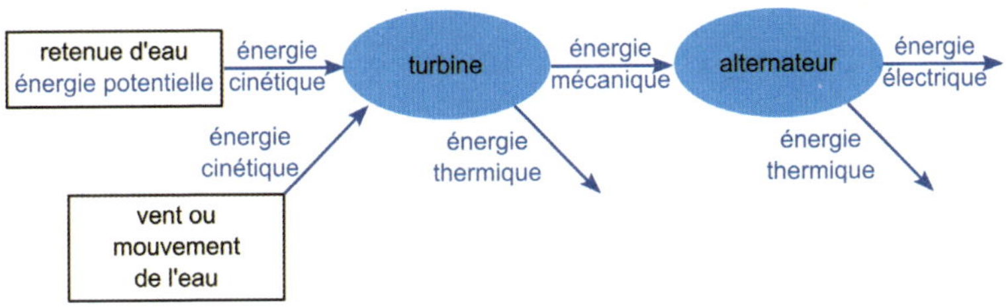

Chaîne de transformation énergétique à partir d'énergie chimique

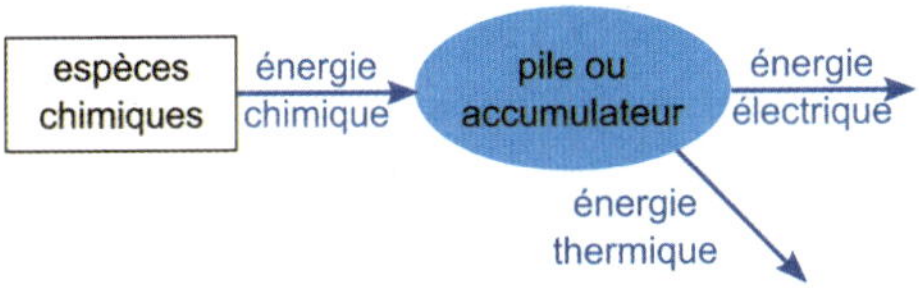

Impacts environnementaux et stockage de l'énergie

L'essentiel du cours

Le mode de production de l'électricité, même utilisant les énergies renouvelables, émet du dioxyde de carbone (CO_2), directement ou indirectement, et reste le principal responsable de l'augmentation de l'effet de serre.

Impacts environnementaux

- Une éolienne n'émet pas de dioxyde de carbone, mais son socle en béton, son mât en acier, les fils de cuivre qui la composent, prélèvent des ressources naturelles ou sont polluants à produire. De même, les panneaux photovoltaïques sont constitués de composants non renouvelables, de terres rares et très difficiles à extraire. De plus, les éoliennes, les panneaux photovoltaïques, les panneaux solaires, etc. ne sont pas recyclés.
- Les centrales nucléaires présentent des risques élevés d'accidents, et le traitement des déchets radioactifs est compliqué. Les plus dangereux sont enfermés dans des verres spéciaux et confinés dans des conteneurs étanches.
- Le choix technologique doit ainsi tenir compte de l'impact sur l'environnement et de la gestion de fin de vie, qui peuvent modifier l'investissement global. Il faut tenir compte de l'encombrement de l'installation, des risques de rupture et de pollution dans tous les systèmes de stockage électrochimique. La réglementation impose des taux de recyclage pour tous les accumulateurs. Ceux qui ont le plus d'impact sur l'environnement sont les accumulateurs au plomb et au nickel-cadmium.

Stocker l'énergie en énergie chimique, potentielle, électromagnétique

- Pour faire face à l'intermittence liée à certains modes de production (à partir de l'énergie éolienne ou de l'énergie solaire), l'énergie doit être convertie sous forme stockable. Le stockage peut se faire grâce à des accumulateurs. Chez les particuliers, cette filière permet de stocker et d'autoconsommer la production électrique de capteurs solaires photovoltaïques.
- Dans les barrages, l'énergie est stockée sous forme d'énergie potentielle. Une fois utilisée, l'eau du lac de rétention est remontée par pompage, lors des heures creuses. L'énergie peut être libérée en cas de besoin.
- Ce stockage est utilisé dans les super-capacités ou super-condensateurs. Ceux-ci fonctionnent comme des super-batteries ultrarapides. Ils se rechargent très rapidement et ont une longue durée de vie grâce à leur capacité à être chargés et déchargés plus d'un million de fois, contre 400 à 2 000 fois pour les batteries traditionnelles.

Mots-clés à connaître

Énergie renouvelable

Énergie qui, à l'échelle humaine, est inépuisable et disponible en grande quantité. On peut citer : l'énergie solaire, l'énergie éolienne, l'énergie hydraulique, la biomasse et la géothermie.

Impact environnemental

Ensemble des modifications liées aux activités humaines sur l'environnement, et qui ont des conséquences écologiques.

Effet de serre

Phénomène naturel maintenant la surface terrestre à une température qui permet à la vie de s'y développer. En revanche, l'augmentation de l'effet de serre engendre un déséquilibre responsable en grande partie du changement climatique.

Terres rares

Groupe de métaux présents en très petites quantités sur Terre et très difficiles à extraire.

Stockage d'énergie

Accumulation d'une forme d'énergie qui peut être convertie en une autre forme au besoin. La sélection d'un système de stockage dépend de plusieurs critères : la quantité et la nature de l'énergie disponible ; la puissance disponible ; la densité de stockage en énergie et en puissance, qui conditionnera le volume et le poids du système ; le coût et la maintenance, qui sont liés à la maturité de la technologie ; le nombre de cycles de décharge ; la sécurité. Les coûts d'investissement en stockage restent élevés, même si de nouveaux matériaux et procédés sont développés. Le marché mondial du stockage est largement dominé par les STEP (stations de transfert d'énergie par pompage, avec les barrages hydro-électriques), par les batteries, les super-capacités et les volants d'inertie.

Stockage thermique

Le stockage sous forme thermique est un autre axe de la recherche actuelle. Grâce au chauffage d'un corps, la quantité d'énergie stockée est directement proportionnelle à la variation de la température s'il n'y a pas de changement d'état du corps. Sinon, l'énergie thermique est restituée par une baisse progressive de la température : le matériau passe alors de l'état liquide à l'état solide.

Pertes par effet Joule

L'essentiel du cours

Lorsqu'un conducteur de résistance électrique R est traversé par un courant électrique d'intensité I, la tension à ses bornes notée U suit la loi d'Ohm : $U = R \times I$. La puissance dissipée par ce conducteur ohmique est donnée par la relation : $P = U \times I$.

L'effet Joule

● En combinant ces deux relations, on obtient l'expression de la puissance dissipée par effet Joule sous forme de chaleur : $P = R \times I^2$, où P est en watt (W) ; U est la tension électrique en volt (V) ; R la résistance en ohm (Ω) ; I l'intensité du courant circulant dans le câble en ampère (A).

● Certains chauffages électriques, les bouilloires, les fers à repasser, etc. utilisent l'énergie thermique dissipée par effet Joule : l'intégralité de l'énergie électrique produite par ces appareils est convertie en énergie thermique.

La distribution d'énergie électrique

● La relation de la puissance permet d'observer qu'à puissance égale, une faible tension implique une forte intensité, et inversement. Or, plus l'intensité I est grande, plus la puissance dissipée par effet Joule est grande. Il suffit donc de diminuer l'intensité en augmentant la tension. Ainsi, plus la tension transportée sera grande, plus la puissance dissipée par effet Joule sera limitée.

● Le transport de l'électricité s'effectue en très haute tension. L'utilisation de cette haute tension dans les lignes électriques limite les pertes par effet Joule, à puissance transportée fixée.

Le bon choix de matériaux et la section du câble

● La résistance d'un câble électrique est reliée à sa section S, sa longueur L et sa résistivité ρ par la relation : $R = \rho \times \frac{L}{S}$, avec R la résistance en ohm (Ω) ; L la longueur du câble en mètre (m) ; S la section du câble en mètre carré (m^2) : ρ la résistivité du matériau considéré en ohm mètre ($\Omega \cdot m$).

● Pour minimiser la résistance électrique des câbles, et donc l'effet Joule, il faut choisir un conducteur électrique dont la résistivité ρ est la plus petite possible. Ainsi la valeur de la résistance sera limitée. Les câbles électriques sont généralement en cuivre, mais peuvent contenir de l'aluminium, car ces deux matériaux ont des résistivités proches et faibles.

● La relation précédente montre également que plus la section du câble électrique est grande, plus la résistance R sera limitée. Mais cela pose d'autres problèmes : le coût de revient est plus important, le poids des câbles augmente.

Mots-clés à connaître

Résistance électrique

Capacité d'un matériau à s'opposer à la conduction du courant électrique. Une résistance électrique est en ohm (Ω).

Loi d'Ohm

La loi d'Ohm montre que la tension U aux bornes d'un dipôle électrique est proportionnelle à l'intensité I qui le traverse. Le coefficient de proportionnalité s'appelle la résistance et est noté R. La relation entre la tension électrique U (en V), la résistance R (en Ω) et l'intensité I (en A) s'écrit : $U = R \times I$.

Conducteur/isolant électrique

Un conducteur électrique est un matériau à travers lequel le courant électrique peut circuler facilement. À l'inverse, un isolant électrique empêche la circulation du courant électrique.

Effet Joule

Il correspond à la production de chaleur lorsqu'un conducteur est parcouru par un courant électrique. Il est proportionnel à la valeur de la résistance.

Puissance dissipée par effet Joule

Puissance transférée au milieu extérieur sous forme de chaleur. Elle vaut : $P_j = R \times I^2$.

Résistivité

Résistance d'un fil de longueur 1 m et de section 1 m², réalisé avec ce matériau. Elle permet de caractériser un matériau sur sa capacité à laisser passer plus ou moins bien le courant électrique. Plus la résistivité est grande, plus le matériau empêche le passage du courant électrique. Son unité est l'ohm mètre (Ω · m).

Section du câble

La section d'un câble électrique représente la surface de la coupe transversale de ce câble. Elle correspond à la surface du disque qui a pour rayon r (en mètre), le rayon du câble. Elle est donnée par la relation : $S = \pi \times r^2$ et s'exprime en mètre carré (m²).

Schéma à connaître

Conducteur ohmique de longueur *L* et de section *S*

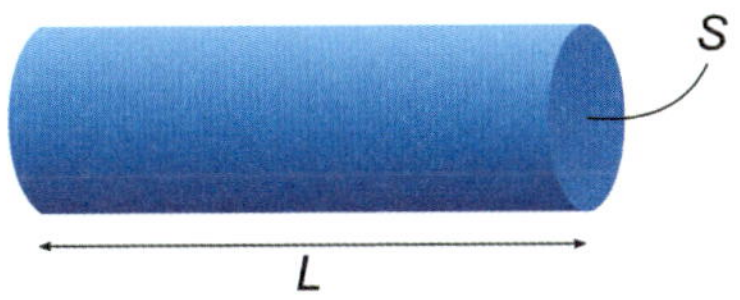

La résistance de ce conducteur ohmique est proportionnelle à sa longueur et à sa résistivité, qui dépend de la nature même du matériau utilisé. Une résistivité de valeur faible correspond à un bon conducteur électrique et, inversement, une résistivité de valeur élevée correspond à un bon isolant électrique.

Le transport de l'électricité

L'essentiel du cours

Une partie de l'énergie électrique, dissipée dans l'environnement par effet Joule, ne parvient pas à l'utilisateur : le transport de l'électricité fait chauffer le câble et génère des pertes d'énergie sous forme de chaleur, qui dépendent de la résistance même du matériau.

Le transport de l'énergie électrique nécessite une haute tension (rappel)

- Les pertes par effet Joule sont données par la relation : $P_J = R \times I^2$, avec P en watt (W), R la résistance en ohm (Ω), et I l'intensité en ampère (A). D'après cette relation, plus le courant I est grand, plus les pertes seront importantes. Il faut donc limiter l'intensité du courant. Or, la puissance pour un récepteur est donnée par la relation : $P = U \times I$, où U est la tension aux bornes du récepteur et I l'intensité du courant qui le parcourt. Donc, en augmentant la tension, on peut diminuer l'intensité du courant sans toucher à la puissance : on diminue ainsi les pertes par effet Joule.

Les différents niveaux dans le réseau électrique

- Entre le site de production (centrales électriques) et l'arrivée chez les consommateurs (entreprises, particuliers), la tension dans les câbles électriques n'est pas toujours la même. On distingue trois niveaux dans le réseau électrique :
- le réseau à très haute tension (THT), pour une tension d'environ 400 000 V (400 kV), qui permet d'acheminer l'énergie électrique sur de très grandes distances avec de très faibles pertes (il permet de relier des régions ou des pays entre eux en alimentant de grandes zones urbaines) ;
- le réseau à haute tension (HT), pour une tension comprise entre 10 kV et 100 kV, qui répartit l'énergie électrique entre différents sites régionaux, entre industries ou pour les transports ferroviaires ;
- le réseau de moyenne et basse tension, qui distribue l'énergie électrique aux petites industries, aux commerces, mais aussi aux particuliers.

Les transformateurs

- Le transformateur est un dispositif qui permet de modifier la tension et l'intensité d'un courant alternatif. Depuis la centrale électrique de production jusqu'au domicile des particuliers, le réseau traverse des lignes de très haute, haute, moyenne ou basse tension. Des transformateurs élévateurs sont placés à proximité des centrales de production pour la transporter avec le minimum de perte.
- Plusieurs transformateurs abaisseurs sont ensuite positionnés tout le long des câbles, pour ramener progressivement la très haute tension à sa valeur finale chez le consommateur.

Mots-clés à connaître

Réseau électrique

Ensemble des lignes qui permettent d'acheminer l'énergie électrique. Il assure la connexion entre les réseaux des pays européens voisins, les centrales de production électrique (nucléaire, hydraulique, thermique), les centrales de production de taille intermédiaire (photovoltaïque, éolien), et les réseaux locaux distribuant aux consommateurs.

Intensité électrique

Grandeur qui est associée à la circulation du courant électrique (c'est-à-dire le flux d'électrons) dans un circuit. Elle s'exprime en ampère (A).

Tension électrique

Exprime la différence de potentiel électrique entre deux points d'un circuit. Elle s'exprime en volt (V).

Puissance

Quantité d'énergie par seconde. Elle peut se calculer à partir de l'énergie E en joule (J) et de la durée *Jt* en seconde (s) par la relation : $P = \frac{E}{\Delta t}$.

Une puissance s'exprime en watt (W).

Mais on peut aussi la calculer en fonction de la tension aux bornes d'un dipôle électrique et de l'intensité qui le traverse, grâce à : $P = U \times I$.

Schéma à connaître

Exemple de transport de l'électricité entre la centrale électrique et le particulier

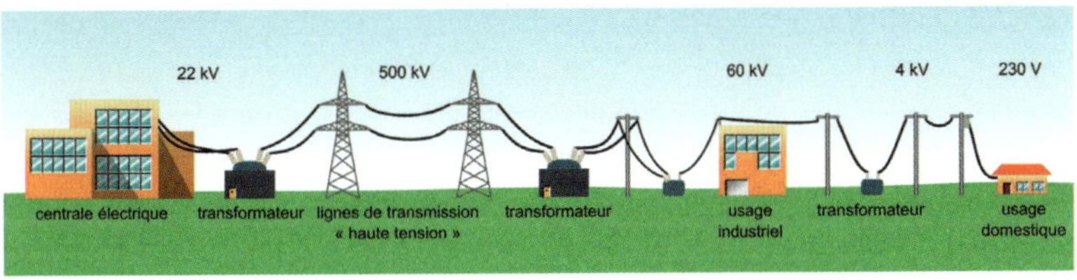

Pourquoi l'énergie électrique n'est-elle pas transportée en 230 V ? Par exemple, pour l'alimentation d'une ville moyenne avec une puissance $P = 10$ MW, sous une tension de 230 V, le courant serait de $I = \frac{P}{U} = \frac{10 \times 10^6}{230} = 4,4 \times 10^4$ A.

Le transport sur câble de cuivre de 1 cm de diamètre donne une valeur de résistance $R = 0,4\ \Omega$ par km. Cela entraîne une perte par effet joule $P_J = 0,4 \times (4,4 \times 10^4)^2 = 8 \times 10^8$ W, soit $P_J = 0,8 \times 10^6$ kW par km, ce qui serait énorme ! Le transport de l'électricité s'effectue donc en très haute tension, afin de réduire les pertes par effet Joule et réduire la section des câbles, à puissance transportée fixée. La tension de l'électricité domestique est 230 V.

Minimiser les pertes

L'essentiel du cours

Le réseau de transport électrique peut être modélisé par un graphe orienté. Le respect de certaines contraintes permettra d'optimiser la production.

Les contraintes

- La répartition des courants dans un réseau doit satisfaire plusieurs contraintes : l'intensité sortant d'une source ne peut pas dépasser la capacité de production de celle-ci ; l'intensité totale entrant dans chaque nœud doit être égale à l'intensité qui en sort (c'est la loi des nœuds). L'intensité arrivant à chaque cible est fixée par ses besoins en électricité.
- On considère, par exemple, trois centrales qui assurent l'alimentation en électricité de quatre villes. L'énergie électrique produite par chacune des centrales est limitée, et le besoin électrique de chaque ville correspond à une puissance donnée. La situation est résumée par le tableau suivant :

	Ville 1	Ville 2	Ville 3	Ville 4	Énergie maximale fournie par la centrale (GWh)
Centrale 1	8	6	10	9	35
Centrale 2	9	12	13	7	50
Centrale 3	14	9	16	5	40
Demande (GWh)	45	20	30	30	

- Chaque nombre correspond aux coûts de transport en euro de la centrale i à la ville j. Si on note x_{ij} l'énergie (en GWh) produite par la centrale i et destinée à la ville j, le problème consiste à minimiser sous ces contraintes le coût total de distribution, qui est la somme :

$$C = 8x_{11} + 6x_{12} + 10x_{13} + 9x_{14} + 9x_{21} + 12x_{22} + 13x_{23} + 7x_{24} + 14x_{31} + 9x_{32} + 16x_{33} + 5x_{34}$$

Optimisation des contraintes

Il existe un algorithme mathématique qui permet de résoudre ce problème. La solution est :

x_{ij}	Ville 1	Ville 2	Ville 3	Ville 4	Énergie maximale fournie par la centrale (GWh)
Centrale 1	0	10	25	0	35
Centrale 2	45	0	5	0	50
Centrale 3	0	10	0	30	40
Demande (GWh)	45	20	30	30	

On peut représenter la solution par un graphe orienté pondéré (voir ci-après). Cette répartition optimale donne un coût de distribution de :

$$C = 8 \times 0 + 6 \times 10 + 10 \times 25 + 9 \times 0 + 9 \times 45 + 12 \times 0 + 13 \times 5 + 7 \times 0 + 14 \times 0 + 9 \times 10 + 16 \times 0 + 5 \times 30 = 1\,020\ €$$

Cas général à connaître

On considère, par exemple, un circuit électrique comprenant trois sources, quatre cibles, et deux nœuds. Il faut traduire les différentes contraintes par des égalités et des inégalités.

Contraintes de production	Loi d'additivité des intensités	Besoins des cibles
$i_1 \leq s_1$ $i_2 + i_3 \leq s_2$ $i_4 \leq s_3$	$i_1 + i_2 = i_5 + i_6$ $i_3 + i_4 = i_7 + i_8 + i_9$	$i_5 = c_1$ $i_6 + i_7 = c_2$ $i_8 = c_3$ $i_9 = c_4$

Mots-clés à connaître

Modélisation d'un réseau de transport électrique

Un réseau de transport électrique peut être modélisé mathématiquement par un graphe orienté et pondéré dont les sommets représentent les sources (générateur d'électricité), les cibles (récepteurs), et un certain nombre de nœuds intermédiaires. Les arcs représentent les lignes électriques orientées des sources vers les cibles. La pondération peut être associée à l'intensité du courant électrique dans le câble.

Optimisation sous contraintes

Situation lorsque l'on veut optimiser une fonction qui dépend de plusieurs paramètres qui vérifient des inégalités ou des égalités.

Graphe/graphe orienté/graphe pondéré

Modélisation mathématique qui permet d'étudier des réseaux. Il est dit orienté si chaque arête ne peut être parcourue que dans un seul sens. Il est dit pondéré lorsque chaque arête est affectée d'un nombre positif (aussi appelé poids).

Arête/arc

Ligne entre deux sommets du graphe. On parle d'arc lorsque la ligne est orientée.

Sommet/nœud

Point du graphe.

Schémas à connaître

Graphe orienté et pondéré d'optimisation des contraintes en énergie

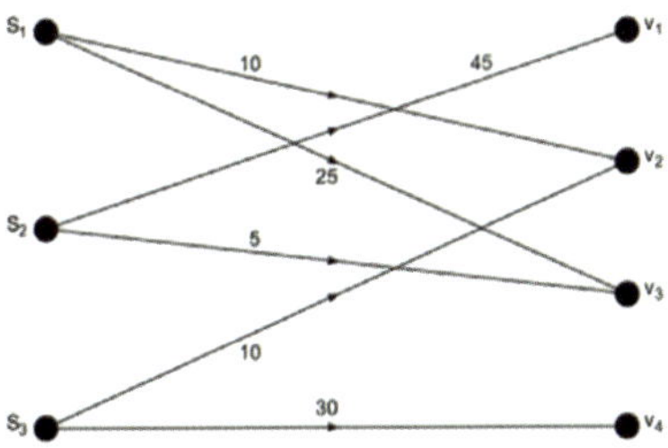

Graphe orienté et pondéré des contraintes de production en intensité électrique

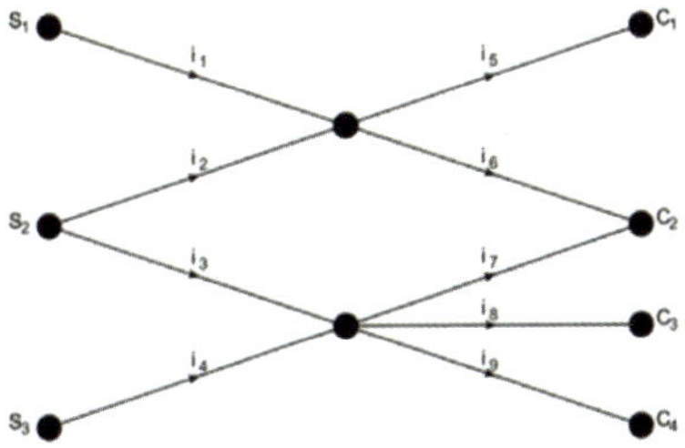

La biodiversité et son évaluation

L'essentiel du cours

Comme son nom l'indique, la *biodiversité* est la diversité des êtres vivants sur notre planète. La biodiversité exacte d'un milieu est difficile à évaluer, et un certain nombre d'indicateurs existent.

La richesse spécifique

- L'un des plus importants indicateurs est la richesse spécifique, c'est-à-dire la détermination du nombre d'espèces présentes dans un milieu donné. La première manière de l'évaluer est de définir une surface minimale du milieu, où l'on estime que sont présentes la majorité des espèces du milieu. En arpentant ensuite cette surface, on compte toutes les espèces rencontrées. Cette technique a ses inconvénients : si la surface de comptage est mal choisie, on peut rater des espèces ; certaines espèces rares peuvent ne pas y être présentes ou passer inaperçues. Il faut essayer d'agrandir ou de multiplier les surfaces de comptage.
- Une manière complémentaire de faire est d'effectuer des prélèvements de sol ou d'eau, et de réaliser des analyses ADN. Ainsi, on peut trouver la trace d'espèces discrètes ou même non visibles à l'œil nu, comme les champignons.
- Dans tous les cas, on utilise des méthodes statistiques pour extrapoler la quantité totale d'espèces présentes à partir des échantillonnages réalisés.

L'abondance

- Un autre paramètre que l'on cherche à évaluer est l'abondance, qui est le nombre d'individus présents. Il ne s'agit pas au sens strict d'une estimation de la biodiversité, puisque l'on s'intéresse à une quantité et pas à une diversité des individus. Toutefois, si tous les individus d'une population disparaissent, l'espèce disparaît dans le milieu considéré. D'ailleurs, certaines espèces, appelées bio-indicatrices, sont considérées comme particulièrement sensibles aux modifications du milieu, et le suivi des populations permet d'avoir des informations sur l'état du milieu. Pour évaluer l'abondance, il existe plusieurs méthodes, dont celle dite de « capture-marquage-recapture ».

L'évolution de la composition génétique des populations

- On observe que la composition génétique des populations d'une espèce change de génération en génération. Il s'agit là encore d'une variation de la biodiversité, mais au sein même d'une population donnée. Pour comprendre ces variations, on part d'un modèle mathématique théorique qui décrit la manière dont les allèles d'un gène devraient se transmettre de façon probabiliste de génération en génération au sein d'une population : le modèle de Hardy-Weinberg.

Mots-clés à connaître

Échantillon

En statistiques, ensemble d'individus jugé représentatif d'une population.

Écosystème

Association d'un biotope et d'une biocénose, c'est-à-dire d'un milieu et de tous les êtres vivants qui l'occupent.

Espèce

Il existe plusieurs définitions de l'espèce, mais la plus courante est qu'il s'agit d'un ensemble d'êtres vivants capables de se reproduire entre eux et d'avoir une descendance elle-même féconde.

Milieu

Partie du monde avec laquelle un être vivant est en contact, là où il vit et se développe. C'est aussi ce que l'on appelle un biotope.

Population

En écologie, ensemble des individus d'une même espèce, qui occupent simultanément le même milieu. Les espèces répandues sont ainsi généralement composées de plusieurs populations qui occupent des endroits différents.

Méthode « capture-marquage-recapture »

Elle consiste dans un premier temps à collecter un certain nombre d'individus, à les marquer, puis à les relâcher. Dans un deuxième temps, on capture de nouveau un certain nombre d'individus. Le nombre d'individus marqués recapturés permet alors une estimation de la population totale, si l'on tient compte d'une certaine marge d'erreur.

Modèle de Hardy-Weinberg

Ce modèle montre que les fréquences alléliques restent stables d'une génération à l'autre : c'est l'équilibre de Hardy-Weinberg. Mais il suppose un nombre important de conditions : la population doit être de taille infinie (ou du moins très grande) ; la reproduction entre individus doit être purement aléatoire ; tous doivent être également fertiles ; il ne doit pas y avoir de mutations ; la population ne doit pas être sujette à des émigrations ou des immigrations. Bien évidemment, aucune population réelle ne respecte toutes ces conditions. En effet, les mutations, la sélection naturelle, la dérive génétique et d'autres facteurs sont à l'œuvre. En conséquence, malgré une certaine tendance à la stabilité – surtout si la population est grande et se rapproche des conditions précédemment décrites –, toutes les populations voient leur composition génétique varier de génération en génération.

Schéma à connaître

La méthode de capture-marquage-recapture

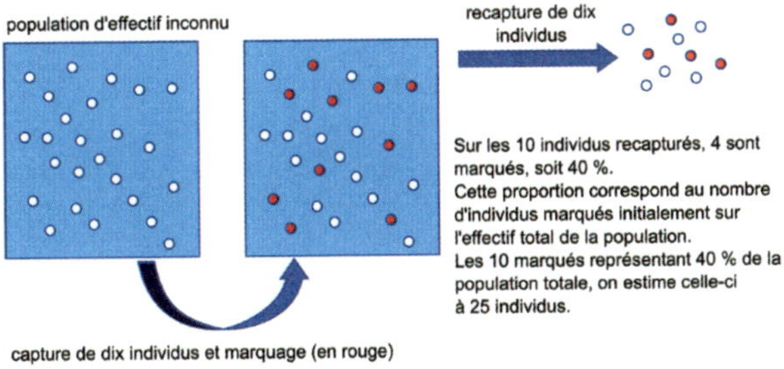

Conséquences des activités humaines sur la biodiversité

L'essentiel du cours

La biodiversité est actuellement menacée par les activités humaines. En quoi notre espèce est-elle une menace pour la biodiversité, et en quoi peut-elle atténuer ce danger ?

L'impact des activités humaines

- L'espèce humaine exploite les nombreuses ressources des écosystèmes et, trop souvent, les surexploite, ce qui aboutit à une diminution de la biodiversité. L'Homme peut ainsi faire disparaître directement des espèces (comme le dodo de l'île Maurice, chassé pour sa viande et qui a disparu à cause de l'introduction sur l'île de prédateurs), mais également des écosystèmes entiers, par exemple en asséchant des zones humides pour en faire des champs cultivés. Toutefois, l'impact des activités humaines n'est généralement pas aussi flagrant, quoiqu'il conduise à une dégradation des écosystèmes et de la biodiversité qu'ils contiennent.

La fragmentation de l'habitat

- L'homme érige diverses structures, routes, voies ferrées, voire des villes entières, qui constituent des barrières divisant une grande zone uniforme en un certain nombre d'habitats plus petits. Or, les bordures de ces différents petits habitats sont plus exposées à certains phénomènes qui rendent les conditions de vie plus difficiles pour de nombreuses espèces, ce qui entraîne leur raréfaction ou leur disparition. De plus, le morcellement complique la circulation de certaines espèces, même s'il facilite la circulation de certaines autres.
- La fragmentation d'une grande population en plusieurs petites est une menace pour la biodiversité, car les plus petites populations ont une tendance à s'appauvrir génétiquement. La baisse de la diversité génétique est problématique, car si une menace nouvelle apparaît, la capacité d'adaptation de la population est réduite, ce qui augmente ses risques de disparition.

Les mesures de lutte contre la dégradation des écosystèmes

- Bien sûr, certaines mesures sont prises pour lutter contre la dégradation généralisée des écosystèmes : conservation d'espèces et réintroduction ; restauration d'écosystèmes dégradés ; tentatives de gestion plus durable des ressources naturelles.
- Mais l'expansion démographique de notre espèce et la consommation toujours plus importante des ressources naturelles font peser une menace croissante sur la biodiversité.

Image à connaître

A Risque d'extinction actuel au niveau mondial dans différents groupes d'espèces

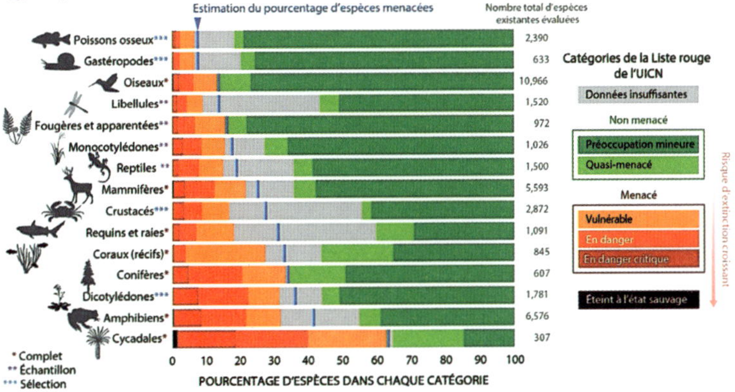

B Extinctions depuis 1500

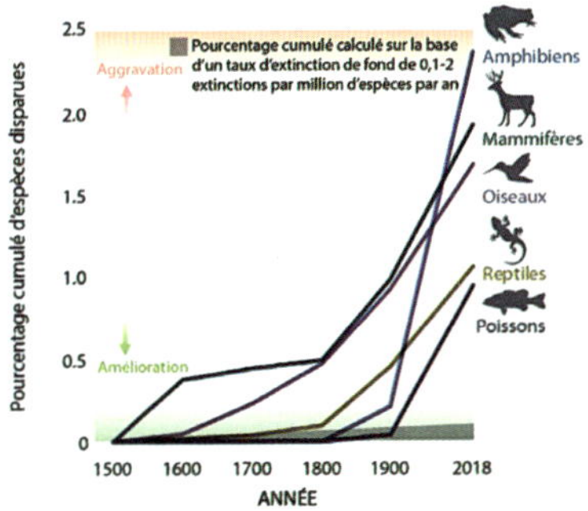

C Déclin de la survie des espèces depuis 1980 (indice Liste rouge)

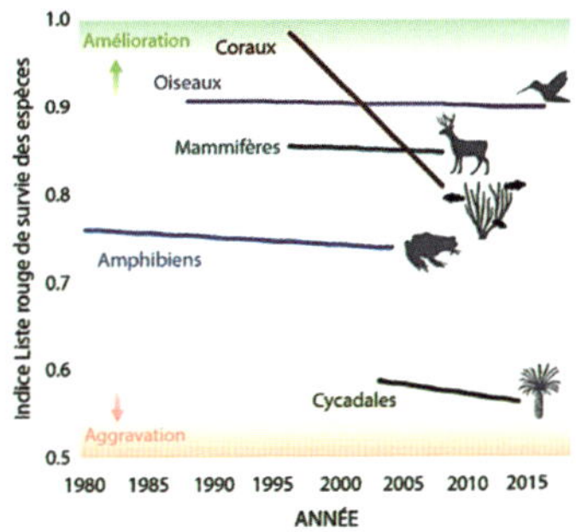

Fiche 22

Une histoire du vivant

Les structures anatomiques témoignant de l'évolution

L'essentiel du cours

L'existence ou l'organisation de certaines structures anatomiques montrent qu'elles sont des produits de l'évolution.

Comparaison de l'œil de l'Homme et de la mouche

- L'œil humain est une structure unique, là où l'œil de la mouche est un assemblage de dizaines de petits yeux appelés *ommatidies*. Les yeux de la mouche ne peuvent pas percevoir la lumière rouge comme les nôtres, mais ils lui permettent de voir certains rayons ultraviolets ou la lumière polarisée. En effet, le dernier ancêtre commun à la mouche et à l'être humain vivait il y a plus de 550 millions d'années. Depuis, pour chacune des espèces, des altérations de l'ADN sont apparues sous l'effet du hasard ; des mutations ont abouti à l'apparition de variations, dont certaines, permettant la plus grande adaptation, ont été conservées. On note cependant des ressemblances dues à la convergence évolutive : dans les deux cas, les yeux comportent des sortes de lentilles qui font converger la lumière vers une couche de cellules photosensibles.

Les structures sous-optimales

- D'une part, notre œil possède une zone appelée *tache aveugle*, une zone de la rétine incapable de percevoir la lumière, car elle est dépourvue de cellules photoréceptrices. Il s'agit de l'endroit où le nerf optique s'insère dans l'œil. D'autre part, les neurones associés aux cellules photoréceptrices sont situés devant la rétine, ce qui limite l'acuité visuelle. L'œil humain a sans doute évolué à partir d'un œil primitif plus simple qui possédait déjà des caractéristiques qui ont constitué autant de « contraintes de construction ».

Les structures inutiles, voire néfastes

- Considérons l'existence de mamelons chez les hommes de notre espèce : ils n'ont aucune fonction, contrairement à ceux des femmes qui permettent la sécrétion de lait pour le nourrisson. Notre espèce a hérité ces gènes d'un lointain ancêtre doté de mamelles. Chez les chevaux ou les rats, par exemple, ce caractère inutile a disparu. Cela illustre bien le rôle du hasard dans l'évolution des espèces.
- Les dents de sagesse, quatre molaires situées le plus en arrière de la bouche, sont peu ou pas utiles pour mastiquer la nourriture. Or, quand elles sortent, il est assez fréquent qu'elles le fassent de travers, ce qui peut être à l'origine de complications médicales. En effet, les mâchoires de notre espèce ne sont plus assez grandes pour contenir les 32 dents héritées de nos ancêtres.

Mots-clés à connaître

Mutation

Modification de la séquence de l'ADN. Le terme mutation est souvent utilisé dans un sens restreint pour désigner une modification unique d'une paire de nucléotides, ce que l'on appelle une mutation ponctuelle. Cependant, ce terme est aussi utilisé dans un sens plus large et désigne alors des modifications affectant toute une partie d'un chromosome, voire un chromosome entier. Les mutations sont à l'origine de la variabilité des caractères des êtres vivants.

Évolution des espèces

Transformation des caractères d'une espèce, de génération en génération. Elle est observée chez tous les êtres vivants, y compris à une échelle de temps humaine (voir la résistance aux antibiotiques) et est attestée par de nombreuses preuves paléontologiques (les fossiles), morphologiques et anatomiques, mais également moléculaires. Attention : un individu n'évolue évidemment pas lui-même, ce sont les populations qui évoluent, de génération en génération.

Sélection naturelle

Un des mécanismes principaux de l'évolution des espèces. Elle est la conséquence de la pression de sélection exercée par l'environnement sur les êtres vivants. Au sein d'une population d'une même espèce, les individus ne possèdent pas tous les mêmes caractères, et les contraintes de l'environnement vont favoriser la survie et les capacités de reproduction de certains. Ces derniers se reproduisant mieux que les autres, leurs caractères vont se répandre de génération en génération dans la population qui va ainsi évoluer.

Adaptation

Processus évolutif aboutissant au développement (et au maintien) d'un caractère permettant une meilleure survie ou de meilleures capacités reproductives dans un environnement donné. L'œil est une adaptation des animaux à un environnement où existe la lumière.

Convergence évolutive

Processus qui a permis à des organismes d'origines très différentes d'acquérir, en réponse à des contraintes de l'environnement très proches, des structures aux caractéristiques similaires. De nombreux exemples de convergence existent, outre celui qui concerne les yeux : on peut citer celui du corps allongé et des membres mobiles aplatis, les nageoires, chez de nombreux animaux nageurs.

L'impact de l'évolution sur les pratiques médicales et agricoles

L'essentiel du cours

L'évolution a des conséquences concrètes, notamment au niveau des pratiques médicales et agricoles.

La résistance aux antibiotiques

- L'évolution des espèces a un impact sur de nombreuses pratiques humaines. Ainsi, en médecine, on utilise des antibiotiques, des molécules qui tuent spécifiquement certaines bactéries pathogènes.
- Or, on observe depuis plusieurs années l'apparition d'un nombre de plus en plus important de bactéries résistantes à ces médicaments, qui sont pourtant l'une de nos principales armes pour lutter contre les maladies causées par certains microbes.
- Cette apparition est due à l'évolution de ces bactéries suivant plusieurs étapes :

1. une population de bactéries dans des conditions ordinaires comprend un variant résistant aux antibiotiques (il possède une mutation qui lui confère cette résistance) ;
2. la population est soumise à un antibiotique et la plupart des bactéries « normales » meurent ;
3. la bactérie résistante est sélectionnée par ce nouveau milieu et se reproduit abondamment. Après plusieurs générations, ces bactéries résistantes deviennent prépondérantes. Cette population de bactéries est devenue résistante à l'antibiotique. C'est un cas d'évolution par sélection naturelle en raison des pratiques humaines.

Les enjeux de la résistance

- La résistance des bactéries aux antibiotiques est devenue un problème de santé majeur dans le monde. Elle montre que les capacités d'évolution rapide des micro-organismes leur permettent de s'adapter à nos moyens de lutte, les rendant moins efficaces, voire inefficaces.
- Or, l'apparition de résistances s'observe également chez de nombreux insectes, que ce soient les moustiques vecteurs de maladies comme le paludisme, ou d'autres qui s'attaquent aux cultures comme le doryphore, qui ravage la pomme de terre.

Schéma à connaître

Évolution de la résistance aux antibiotiques

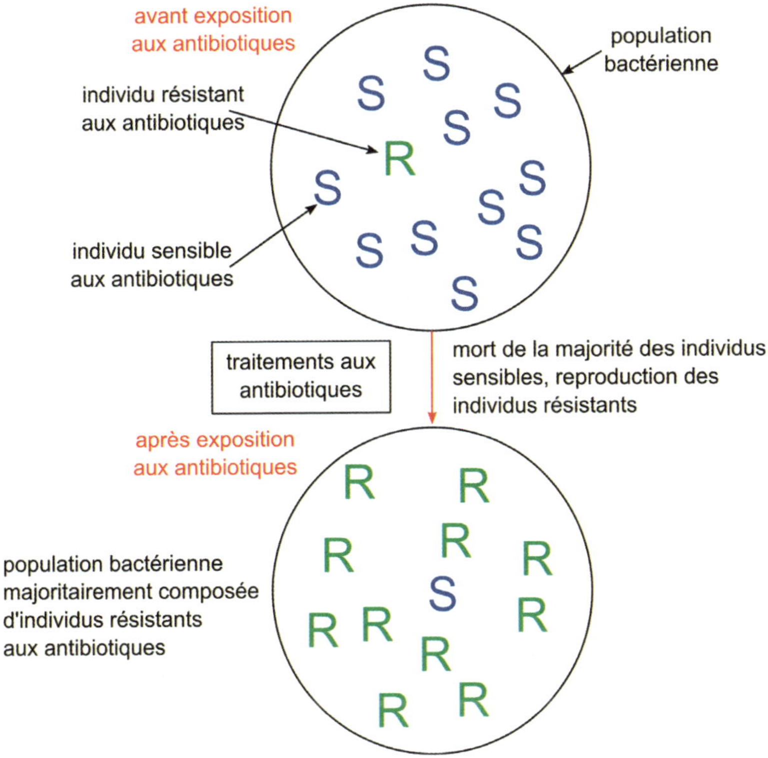

Positionnement de notre espèce dans l'arbre du vivant

L'essentiel du cours

Les ADN permettent de placer notre espèce dans l'arbre du vivant et de montrer sa parenté avec les espèces actuelles ou disparues.

Le groupe des Hominoïdes

- Les primates sont un groupe de Mammifères possédant des yeux orientés vers l'avant, un pouce opposable et des ongles. Parmi eux, notre espèce *Homo sapiens* appartient au groupe des Hominoïdes (ou grands singes) qui sont, pour faire simple, les singes sans queue. Les gibbons (une vingtaine d'espèces), les gorilles (deux espèces), les orangs-outans (deux espèces) et les chimpanzés (deux espèces) font partie de ce même groupe.
- En plus de partager des caractères morpho-anatomiques communs, notre espèce partage avec les autres grands singes des similitudes génétiques très importantes.

Les chimpanzés, plus proches cousins de l'Homme

- Parmi les grands singes, les plus proches cousins de notre espèce sont les chimpanzés. Si l'on compare leurs séquences codantes (c'est-à-dire leurs gènes), celles-ci sont identiques à 98,5 %. Si l'on prend les séquences non codantes, dont les mutations sont les plus conservées au cours de l'évolution parce qu'elles ont moins de chances d'être néfastes à l'individu, la similarité est d'environ 95 %. À titre de comparaison, l'ADN de notre espèce possède 80 % de similarité avec celui de la souris, avec lequel il partage une parenté beaucoup plus lointaine.
- Les différences correspondent à des mutations, généralement limitées à une ou quelques paires de nucléotides pour chaque gène (et donc à un ou deux acides aminés sur les protéines correspondantes), et à des remaniements chromosomiques. Ainsi, notre espèce possède 23 paires de chromosomes, alors que le chimpanzé commun en possède 24 paires. Notre chromosome 2, un grand chromosome, correspond à deux chromosomes du chimpanzé, qui ont fusionné.
- Les différences morphologiques viennent du fait que même si les gènes sont semblables, leur chronologie d'expression varie. Par exemple, la phase de multiplication des neurones du cortex pendant le développement embryonnaire dure beaucoup plus longtemps chez l'être humain (8 semaines) que chez le chimpanzé (2 semaines).
- L'Homme et les chimpanzés partagent un ancêtre commun récent (datant de 7 à 10 millions d'années). On peut estimer la vitesse à laquelle les mutations s'accumulent dans le génome, notamment grâce à ce que l'on appelle l'horloge moléculaire.

Mots-clés à connaître

Phylogénie

Manière de classer les espèces d'êtres vivants en *phylums* : un groupe comprenant un ancêtre commun et tous ses descendants. On peut représenter cette parenté sous forme d'un arbre phylogénétique.

Homologie

Une ressemblance qui traduit non une parenté évolutive, mais un mode de vie semblable ou un hasard évolutif, est une analogie et ne doit pas être prise en compte. Les caractères communs à retenir sont ceux qui sont hérités d'un même ancêtre commun et qui montrent une parenté : ce sont des *homologies*. Cependant, ces dernières ne doivent pas toutes être prises en compte. On ne doit pas considérer, en effet, celles présentes chez un ancêtre commun à toutes les espèces étudiées (ce que l'on appelle les caractères ancestraux), car elles n'apportent rien à la classification. Celles à considérer sont celles présentes uniquement chez certaines espèces et leur ancêtre commun (on les appelle des caractères dérivés).

Caractères morphologiques et anatomiques

Critères les plus évidents : nombre, nature et caractéristiques des organes.

Critères embryologiques

Critères visibles pendant les premiers stades de développement des êtres vivants et qui sont souvent de bons témoins de parenté.

Critères moléculaires

On compare les millions, voire les milliards de nucléotides de l'ADN. Ils permettent de faire des phylogénies entre des êtres vivants extrêmement différents, mais qui possèdent tous un ADN.

Schémas à connaître

Arbre phylogénétique

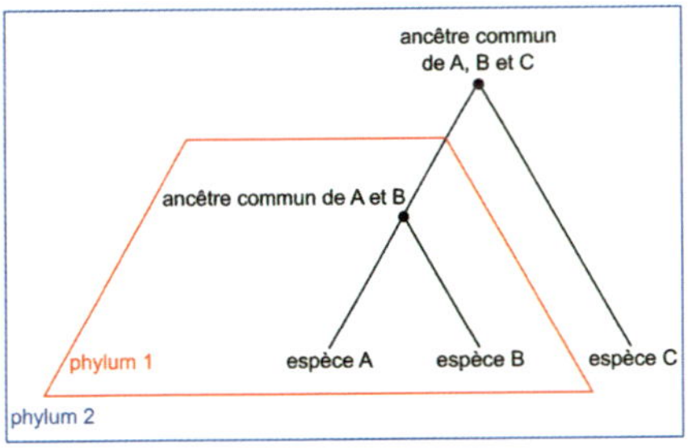

Le *phylum 1* regroupe les espèces parentes A et B, ainsi que leur ancêtre commun. Le *phylum 2*, plus grand, regroupe les trois espèces et leur ancêtre commun. On peut ainsi emboîter les groupes comme des poupées russes.

Homologies

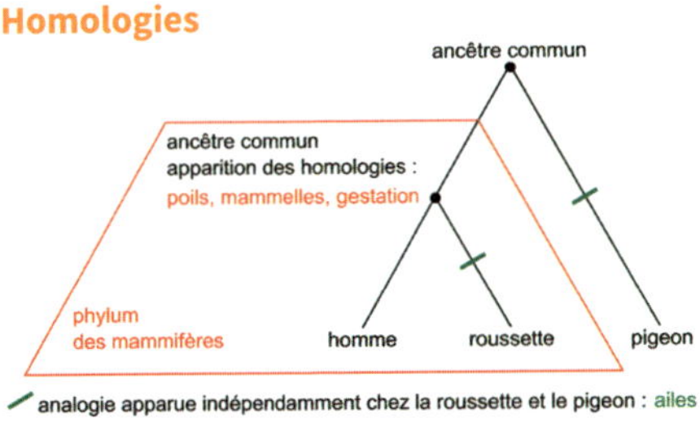

Fiche 25

Lire dans les fossiles l'histoire de nos origines

L'essentiel du cours

Les fossiles nous montrent que si l'être humain est la seule espèce du genre *Homo* actuellement présente sur Terre, il a existé autrefois d'autres espèces d'humains.

La lignée humaine

- On appelle lignée humaine le regroupement de notre espèce et de toutes les espèces fossiles plus proches de la nôtre que de celles de la lignée des chimpanzés.
- Les plus anciens fossiles de la lignée humaine datent d'environ 7 millions d'années et ont été découverts en Afrique. De nombreuses espèces de la lignée sont apparues et ont disparu sur ce continent. L'espèce *Homo sapiens* est la seule du genre *Homo* existant encore actuellement.
- Cependant, plusieurs espèces d'*Homo* ont pu coexister par le passé. Par exemple, *Homo neanderthalensis* a vécu en Europe de – 250 000 à – 30 000 ans, et a donc coexisté avec notre espèce, apparue en Afrique il y a environ 200 000 ans et arrivée en Europe il y a 70 000 ans au moins.

Les caractéristiques distinctives de la lignée humaine

- Une caractéristique qui distingue les fossiles de la lignée humaine de ceux d'autres grands singes est la bipédie prolongée, c'est-à-dire la capacité à se déplacer sur ses deux jambes durant de longues périodes. Cette capacité à la bipédie est montrée par la présence d'un certain nombre de caractères du squelette. On peut citer, entre autres : un bassin court et large ; des fémurs longs et, globalement, des membres inférieurs plus longs que les supérieurs ; un gros orteil du pied non opposable ; enfin, un trou occipital situé sous le crâne, qui est le lieu par lequel la colonne vertébrale est reliée au crâne, laissant passer la moelle épinière. Chez un quadrupède ou un bipède occasionnel, ces caractères ne sont pas présents.
- Le genre *Homo* possède en outre une mâchoire parabolique, c'est-à-dire aussi large que longue, ainsi qu'une forte capacité crânienne et donc un gros cerveau, ce qui le distingue assez nettement des autres espèces de la lignée humaine.
- Une autre caractéristique du genre *Homo* est la fabrication d'outils complexes et la création de pratiques culturelles variées (parfois documentées dans les archives fossiles). Ces pratiques sont transmises par apprentissage et non génétiquement.
- On notera cependant que d'autres groupes d'animaux, comme les chimpanzés ou même certains groupes d'oiseaux comme les corvidés, sont capables d'utiliser, voire de fabriquer, des outils simples et qu'ils possèdent des traits culturels, quoique plus réduits que chez l'Homme.

Mots-clés à connaître

Acide désoxyribonucléique (ADN)

Molécule support de l'information génétique chez tous les êtres vivants, ce qui permet de comparer les séquences génétiques d'êtres aussi différents qu'une bactérie, une moule ou un pigeon.

Nomenclature binomiale

Manière dont on désigne scientifiquement les espèces. Elle comprend un nom de genre, avec une majuscule, qui regroupe des espèces très apparentées, et un nom d'espèce, en minuscules, qui est propre à chaque espèce. Par convention, un nom d'espèce est mis en italique.

Caryotype

Ensemble des chromosomes d'une cellule, classés par paires de chromosomes de même type, dits « homologues », et, généralement, par ordre de tailles décroissantes. Les deux chromosomes 1 sont les plus grands, les deux chromosomes 2 les seconds plus grands, et ainsi de suite.

Carte à connaître

L'expansion de notre espèce s'est faite alors que d'autres espèces humaines peuplaient la Terre.

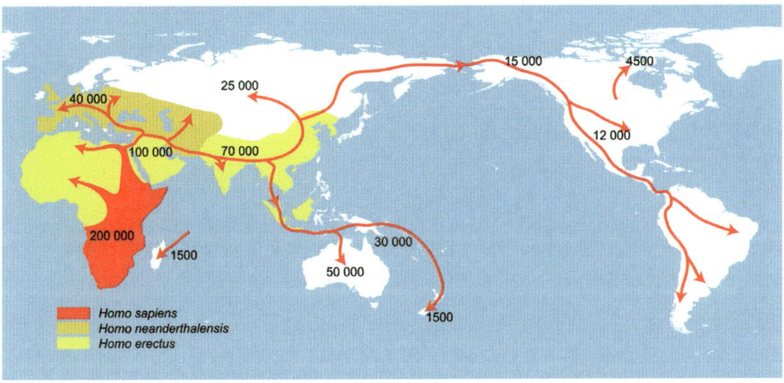

Les suites arithmétiques et le modèle linéaire

L'essentiel du cours

Pour modéliser l'évolution d'une ressource, le modèle linéaire est bien adapté. On utilise pour cela une suite arithmétique.

Les suites

- Par définition, une suite est une fonction u définie sur l'ensemble $\mathbb{N}$ des entiers naturels. À chaque entier naturel n, on associe son image $u(n)$, que l'on note aussi u_n. L'ensemble des nombres u_n forme une suite. On dit que u_n est le terme de rang (ou d'indice) n de la suite (u).
- Soit une population dont l'effectif évolue par palier, de la valeur u_n à la période n à l'effectif u_{n+1} à la période n+1. On appelle variation absolue, la différence : $u_{n+1} - u_n$.
- Une droite d'équation $y = m \times x + p$ a pour coefficient directeur (ou pente) la valeur m. Si l'on connaît les coordonnées de deux points de cette droite, par exemple $A(x_A, y_A)$ et $B(x_B, y_B)$, on peut alors calculer le coefficient directeur m de cette droite avec la relation : $m = \dfrac{y_B - y_A}{x_B - x_A}$.

La suite arithmétique

- Un modèle mathématique simple est le modèle linéaire. On dit que la suite est arithmétique lorsque, pour tout entier naturel n, on peut écrire :

$$u_{n+1} - u_n = r$$

- La constante obtenue est appelée raison de la suite arithmétique et sera notée r. Si u_0 est le premier terme de la suite arithmétique, alors :

$$u_1 = u_0 + r$$

$$u_2 = u_1 + r, \text{ etc.}$$

Si la constante r est positive, on dit que la suite est croissante. En fait, pour passer d'une valeur à une autre, on additionne toujours le même palier qui vaut r (et inversement).

- Il existe aussi une autre relation qui permet de passer du premier terme au terme de rang n directement : $u_n = u_0 + n \times r$.
- Les points de coordonnées (n, u_n) vont former un nuage de points. Ils sont alignés. Donc ils sont situés sur une droite qui sera la droite d'ajustement (la droite la plus adaptée) ; ils peuvent être modélisés par une fonction affine, dont la représentation sera une droite d'équation : $y = m \times x + p$, où y correspond aux valeurs de u_n et x correspond aux valeurs de n. Dans la réalité, pour une population dont la variation absolue est presque constante d'un palier à l'autre, on peut ajuster le nuage de points qui la représente par une droite.

Mots-clés à connaître

Nuage de points

Représentation graphique d'un ensemble de points, ayant pour abscisse l'abscisse du point considéré, et pour ordonnée l'ordonnée du point considéré.

Modèle mathématique

Relation qui est proche de ce qui est observé dans la réalité et qui va permettre de prévoir ce qui se passera.

Démographie

Science qui étudie la population humaine.

Fonction affine

Fonction qui pour toute valeur de x (de $\mathbb{R}$) associe une valeur $m \times x + p$. La représentation de cette fonction est une droite de coefficient directeur m et d'ordonnée à l'origine p.

Images à connaître

Schématisation des calculs de différents termes pour une suite arithmétique de raison *r*

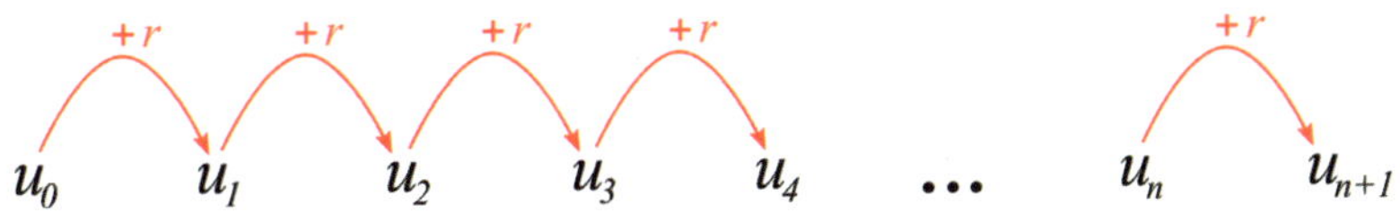

Population du Japon de 1910 à 1960 (en millions d'habitants) et sa modélisation mathématique (en rouge)

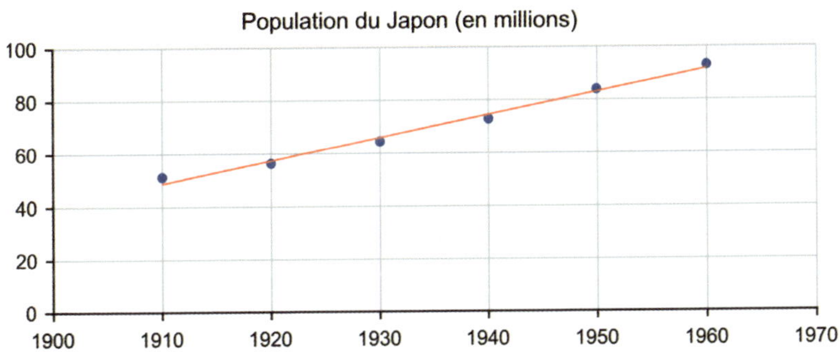

Les points donnant l'évolution de la population du Japon de 1910 à 1960 paraissent alignés : la croissance est linéaire. On peut le justifier en calculant la variation absolue. Ainsi, entre 1920 et 1930, la variation absolue est 64,5 – 55,9 = 8,6 ; entre 1930 et 1940, la variation absolue est 73,1 – 64,5 = 8,6 ; et entre 1950 et 1960, la variation absolue est 92,5 – 83,6 = 8,9. La variation absolue est quasiment constante.

Les suites géométriques et le modèle exponentiel

L'essentiel du cours

Pour modéliser l'évolution d'une population, le modèle linéaire n'est pas adapté, l'évolution est, en général, exponentielle. On utilise alors une suite géométrique.

Variation relative

- Soit une population dont l'effectif évolue par palier, de la valeur u_n à la période n à l'effectif u_{n+1} à la période $n + 1$. On appelle variation relative (ou taux d'accroissement, taux de variation) entre les états u_n et u_{n+1}, le rapport :

$$t = \frac{u_{n+1} - u_n}{u_n}$$

La suite géométrique

- Un modèle mathématique classique est le modèle exponentiel. On considère que tous les termes de la suite sont non nuls. On dit que la suite est géométrique, lorsque pour tout entier naturel n, on peut écrire :

$$\frac{u_{n+1}}{u_n} = q$$

La constante obtenue est appelée raison de la suite géométrique et sera notée q. Si u_0 est le premier terme de la suite géométrique, alors :

$$u_1 = u_0 \times q$$
$$u_2 = u_1 \times q, \text{ etc.}$$

Pour passer d'un terme au suivant, on multiplie toujours par la même valeur (la raison q).

º Il existe aussi une autre relation qui permet de passer du premier terme au terme de rang n directement :

$$u_n = u_0 \times q^n$$

- Une grandeur discrète u varie de manière exponentielle en fonction du palier entier n si sa variation absolue $u_{n+1} - u_n$ est proportionnelle à sa valeur courante u_n.

  Dans ce cas, sa variation relative (ou taux de variation) est constante, et la suite de terme général u_n est géométrique, c'est-à-dire que $u_{n+1} - u_n = t \times u_n$, où t est une constante réelle. Cette constante représente le taux de variation, c'est-à-dire le rapport : $t = \dfrac{u_{n+1} - u_n}{u_n}$

- Les points de coordonnées (n, u_n) vont former un nuage de points. Ils ne sont pas alignés. Par exemple, si la valeur de départ est positive ($u_0 > 0$, c'est le cas d'une population), et si le taux est positif (cas d'une augmentation), la valeur de u_n croît de plus en plus vite vers l'infini. En revanche, si le taux est négatif (cas d'une diminution), la valeur de u_n décroît de plus en plus vite vers 0.

Dans la réalité, pour une population dont le taux de variation est presque constant d'un palier à l'autre, on peut ajuster le nuage de points par un modèle exponentiel.

Mots-clés à connaître

Grandeur discrète

Série de nombres distincts les uns des autres. Le contraire est une grandeur continue. Par exemple, la taille d'un enfant est une grandeur continue, alors que le nombre de billes dans un sac est une grandeur discrète.

Suite géométrique

Suite pour laquelle chaque terme permet de calculer le suivant en le multipliant par une constante appelée *raison* de la suite.

Suite croissante/suite décroissante

Une suite croissante (resp. décroissante) est une suite pour laquelle u_{n+1} est toujours plus grand (resp. plus petit) que u_n. Dans le cas de la population de Madagascar (voir ci-après), la suite représentant le nombre d'habitants au cours du temps est croissante.

Images à connaître

Schématisation des calculs de différents termes pour une suite géométrique de raison *q*

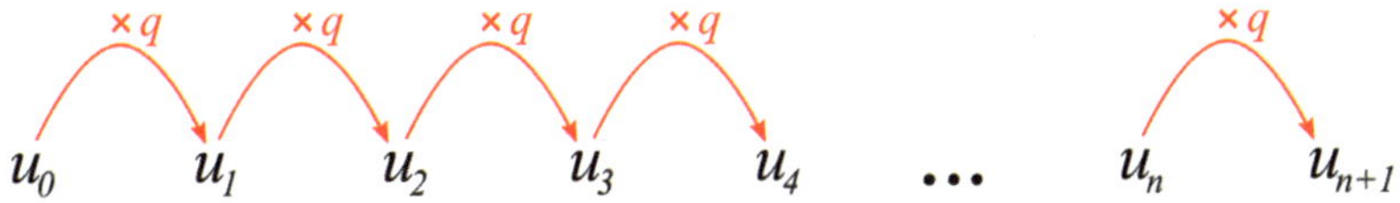

Population de Madagascar de 1970 à 2015 (en millions d'habitants) et sa modélisation mathématique (en rouge)

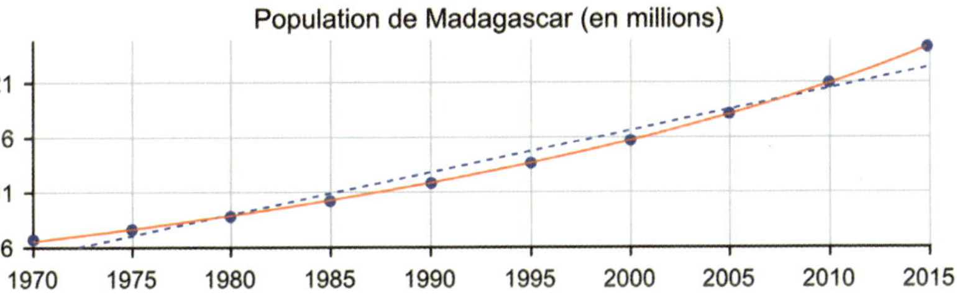

Les points donnant l'évolution de la population de Madagascar ne sont pas alignés : la droite en pointillés bleus qui montre la modélisation linéaire ne s'applique pas ici. On peut le justifier en calculant la variation relative. Ainsi entre 2005 et 2010, la variation relative est : $\frac{20,96 - 18,13}{18,13} \approx 0,156$.

Entre 1975 et 1980, la variation relative est : $\frac{8,79 - 7,60}{7,60} \approx 0,156$. La variation relative est quasiment constante. La population de Madagascar de 1970 à 2015 suit donc un modèle exponentiel.

Fiche 28

Le modèle de Malthus

L'essentiel du cours

Le modèle de Malthus est basé sur le fait que la population augmente selon un modèle exponentiel, alors que les ressources pour nourrir la population augmentent selon un modèle linéaire.

Le modèle démographique

- Pour chaque modèle démographique, il faut identifier le type de modèle le mieux adapté pour traduire la réalité (linéaire, exponentiel, etc.); déterminer les paramètres du modèle (le premier terme, la raison, etc.); comparer le modèle et les observations, et donner éventuellement un domaine de validité du modèle. Le modèle de Malthus est un modèle exponentiel d'évolution de l'effectif de la population.

Croissance exponentielle de la population

- D'après Malthus, si l'on se base sur une mortalité de 1/36 et si les naissances et décès sont dans le rapport de 3 à 1, le chiffre de la population doublera en 12 ans et $\frac{4}{5}$.

Ainsi, la première année, en supposant pour simplifier que la population soit de 360 personnes, le nombre de décès est égal à : $\frac{1}{36} \times 360 = 10$ décès. Le nombre

de naissances est donc : $10 \times 3 = 30$ naissances. À la fin de la première année, la population sera donc de :

$$360 - 10 + 30 = 380 \text{ habitants.}$$

- Avec le même raisonnement que précédemment, on obtient le tableau de résultats suivants (en arrondissant les résultats à l'unité). (Attention : il faut conserver la valeur exacte du nombre de décès pour effectuer les calculs du nombre de naissances et de la population en fin d'année) :

Année	Population en début d'année	Nombre de décès	Nombre de naissances	Population en fin d'année	$\frac{u_{n+1}}{u_n}$
1	360	10	30	380	
2	380	11	32	401	1,06
3	401	11	33	423	1,06
4	423	12	35	447	1,06
5	447	12	37	472	1,06
6	472	13	39	498	1,06
7	498	14	42	526	1,06
8	526	15	44	555	1,06
9	555	15	46	586	1,06
10	586	16	49	619	1,06
11	619	17	52	653	1,06
12	653	18	54	689	1,06
13	689	19	57	727	1,06

- Le doublement de la population se fait donc entre la 12e et la 13e année. La 12e année, il y a 689 habitants. Les rapports $\frac{u_{n+1}}{u_n}$ sont égaux. La modélisation peut être effectuée par une suite géométrique de premier terme 380 et de raison 1,06 : c'est bien une modélisation exponentielle.

Mots-clés à connaître

Taux de natalité

Rapport entre le nombre annuel de naissances et la population totale moyenne sur l'année considérée. Il s'exprime en pour mille (‰).

Taux de mortalité

Rapport entre le nombre annuel de décès et la population totale moyenne sur l'année considérée. Il s'exprime en pour mille (‰).

Schémas à connaître

Modèle démographique de Malthus

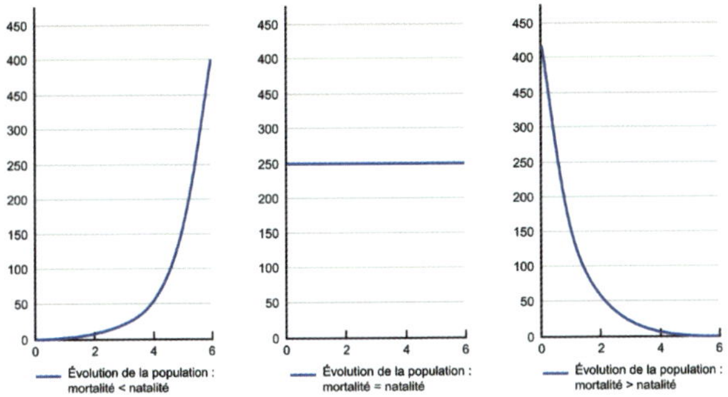

Modélisation de l'évolution de la population de l'Angleterre et de l'évolution de l'agriculture par Malthus

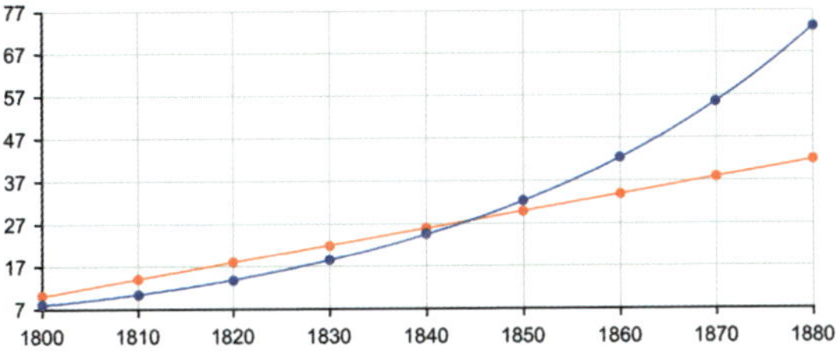

En 1800, la population de l'Angleterre était estimée à 8 millions d'habitants, et l'agriculture anglaise pouvait nourrir 10 millions de personnes. Le modèle de Malthus admet que la population augmente de 2,8 % chaque année et que les progrès de l'agriculture permettent de nourrir 400 000 personnes de plus chaque année. L'évolution de la population est modélisée par la suite géométrique (u_n), où u_n est le nombre d'habitants (en millions) l'année 1800 + n. Le premier terme de la suite est $u_0 = 8$, la raison est $q = 1{,}028$.

L'évolution de l'agriculture est modélisée par une suite arithmétique (v_n), où v_n correspond au nombre d'habitants qui peuvent être nourris (en millions) l'année 1800 + n. Le premier terme de la suite est $v_0 = 10$, et la raison est $r = 0{,}4$. D'où :

$$u_n = 8 \times 1{,}028^n$$

$$v_n = 10 + 0{,}4 \times n$$

Ici, d'après Malthus, la population de l'Angleterre n'aurait plus été nourrie à partir de 1846 environ. Sa modélisation n'est pas valable à aussi long terme.

Fiche 29

L'intelligence artificielle et l'apprentissage machine

L'essentiel du cours

L'expression *intelligence artificielle* recouvre un ensemble de théories et de techniques qui traitent de problèmes dont la résolution fait appel à l'intelligence humaine.

Qu'est-ce que l'apprentissage machine (*machine learning*) ?

● L'arrivée des centres de données (*data center*) a permis une explosion de l'apprentissage machine, qui correspond à une branche commune de l'intelligence artificielle et des statistiques. En fournissant à une machine un très grand nombre de données, on permet à celle-ci de s'entraîner (phase d'apprentissage ou d'entraînement) pour définir son comportement ultérieur (phase d'inférence). La machine exploite des méthodes mathématiques qui, à partir du repérage de tendances (corrélations, similarités) sur de très grandes quantités de données (*Big data*), permettent de faire des prédictions ou de prendre des décisions.

Les trois catégories d'apprentissage machine

● L'apprentissage avec supervision : les opérateurs donnent à l'ordinateur des exemples d'entrées et les sorties souhaitées, et celui-ci recherche les solutions par modélisation prédictive. De nombreux algorithmes entrent dans cette catégorie : méthode du *k* plus proche voisin, régression linéaire, arbres décisionnels, etc. Ceux-ci sont par exemple utilisés pour effectuer les prévisions météorologiques. Le *deep learning* (apprentissage profond) est l'une des méthodes d'apprentissage supervisé : les sorties de chaque module servent d'entrée aux suivants. On parle alors de « réseaux de neurones artificiels ».

● L'apprentissage sans supervision : l'algorithme est laissé à lui-même, alors qu'on lui fournit un grand nombre de données non étiquetées. La machine y repère des corrélations pour construire elle-même son algorithme de classification. L'algorithme de reconnaissance faciale de Facebook est un exemple d'apprentissage machine sans supervision.

● L'apprentissage par renforcement : un programme informatique interagit avec un environnement dynamique dans lequel il doit atteindre un but. Le programme-apprenti reçoit des récompenses ou des punitions pendant qu'il navigue dans l'espace du problème et qu'il apprend à identifier le comportement le plus efficace. Le programmeur fixe les règles qui déterminent si l'intelligence artificielle sera punie ou récompensée. Le système évolue ainsi en maximisant les performances. C'est ce type d'apprentissage qui a permis au programme Alpha Zero de Google de battre le champion de jeu de Go, Lee Sedol, en 2016.

Mots-clés à connaître

Intelligence artificielle (IA)

Selon Yann Le Cun (prix Turing 2018) : « L'IA est un ensemble de techniques permettant à des machines d'accomplir des tâches et de résoudre des problèmes normalement réservés aux humains et à certains animaux ».

Deep learning (ou apprentissage profond)

Programme qui permet de faire apprendre à un ordinateur une tâche précise en observant un grand nombre d'exemples.

Machine learning (ou apprentissage machine, apprentissage automatique)

Technologie de l'intelligence artificielle permettant aux ordinateurs d'apprendre par eux-mêmes. Elle est basée sur leur analyse d'un grand nombre de données sur lesquelles ils s'entraînent.

Réseau neuronal

Graphe d'objets élémentaires, correspondant à un réseau qui s'inspire du fonctionnement du cerveau humain pour apprendre. Ce réseau est séparé en trois tiers : chacun d'eux reçoit les sorties d'informations du tiers précédent, ce qui simule le comportement des neurones qui reçoivent des signaux en provenance d'autres neurones. Le dernier tiers produit les résultats du système.

Ordinateur

Machine capable de traiter de l'information avec des programmes. Il comporte au minimum un processeur et de la mémoire vive.

Fichier exécutable

Fichier contenant un programme qui sera compréhensible par l'ordinateur. Son chargement entraîne la création d'un processus en mémoire et l'exécution du programme.

Schéma à connaître

Modélisation des différentes formes d'apprentissage machine

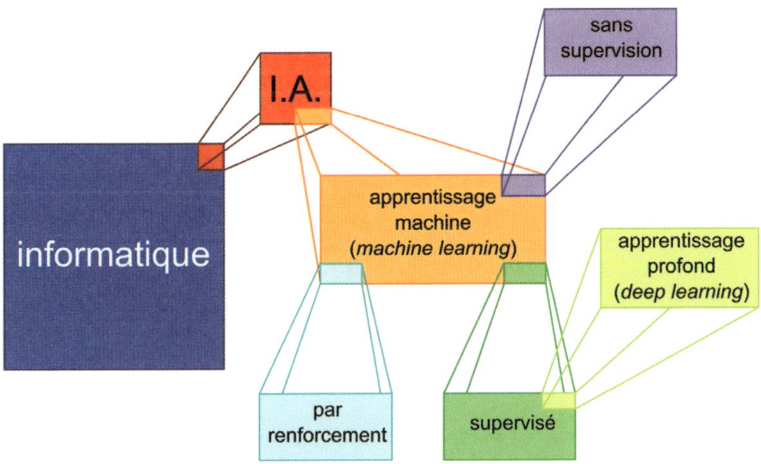

Fiche 30

Une histoire du vivant

La programmation et l'apprentissage automatique

L'essentiel du cours

Depuis qu'Alan Turing a proposé en 1936 un concept théorique de machine universelle, l'informatique a beaucoup évolué.

La programmation

- Un programme peut comporter plusieurs centaines de millions de lignes de code, ce qui rend très probable la présence d'erreurs appelées bogues (ou bugs).
- On considère la fonction informatique dont le code est le suivant :

```
def f(x):
    if x<=-1:
        return x*x-1
    elif -1<=x and x<=1:
        return 1-x*x
    else:
        return x*x-1
```


- Pour tester le programme, on peut proposer le jeu de données suivant : pour $x = -2$, la première condition est vérifiée, la fonction renvoie la valeur 3 ; pour $x = 0$, la première condition n'étant pas vérifiée mais la deuxième si, la fonction renvoie la valeur 1 ; pour $x = 3$, les deux premières conditions n'étant pas vérifiées, la fonction renvoie la valeur 8. On peut modifier le programme pour qu'il ne teste qu'une seule condition.

La courbe d'ajustement

- La méthode de la courbe d'ajustement repose sur un traitement statistique des données : lors de la phase d'apprentissage, on fournit un nuage de points à la machine, et celle-ci sort une courbe de type droite, parabole ou exponentielle. Le type de courbe est déterminé avec les données, lors de la phase d'entraînement. La connaissance de cette courbe permet alors de prédire les valeurs : c'est la phase d'inférence.

L'inférence bayésienne

- Les programmes s'entraînent et calibrent leurs algorithmes à partir d'un grand nombre de données. La qualité et la représentativité de ces données d'entraînement sont essentielles pour obtenir des résultats fiables : en effet, les biais dans les données se retrouvent souvent amplifiés dans les résultats. D'autre part, une grande quantité de données de qualité ne suffit pas, il faut aussi veiller à ce qu'elles soient représentatives.
- L'inférence bayésienne est une méthode de calcul de probabilités de causes à partir des probabilités de leurs effets. Elle est utilisée en apprentissage automatique pour modéliser des relations au sein de systèmes complexes, notamment en vue de prononcer un diagnostic (médical, industriel, détection de spam, etc.). Cela permet de détecter une anomalie à partir d'un test imparfait.

Mots-clés à connaître

Prédictions

Elles sont obtenues à partir de valeurs par régression linéaire (courbe d'ajustement), par exemple. Les prédictions ne sont pas parfaites et comportent des faux positifs et des faux négatifs.

Biais

Erreur systématique dans les résultats d'une étude.

Inférence bayésienne

Méthode de calcul de probabilités de causes à partir des probabilités de leurs effets. Le filtre de détection des spams en est un exemple. Il ne connaît pas à l'avance les probabilités d'apparition de ces mails indésirables, c'est pourquoi il lui faut une phase d'apprentissage pour les évaluer. Cet apprentissage est réalisé à partir de l'observation du comportement des utilisateurs, qui doivent indiquer manuellement si un message est un spam ou non. Pour chaque mot de chaque message « appris », le filtre ajuste les probabilités de rencontrer ce mot dans un spam ou dans un courrier légitime, et le stocke dans sa base de données.

Courbe à connaître

Exemple de courbe d'ajustement : espérance de vie à la naissance en France

Année de naissance	1980	1985	1990	1995	2000	2005	2010	2015
Espérance de vie (en années)	74,1	75,3	76,6	77,8	79,1	80,2	81,7	82,7

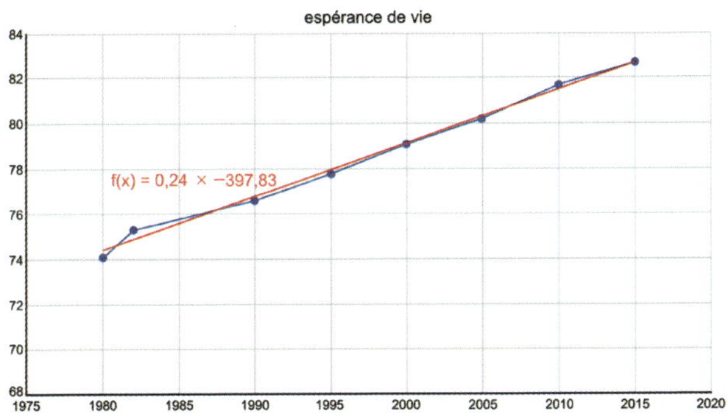

La forme allongée du nuage de points permet un ajustement par une droite : on parle alors de régression linéaire. La détermination de cette droite constitue la phase d'apprentissage, et peut être réalisée par une méthode mathématique (la méthode des moindres carrés). L'algorithme d'apprentissage consiste à déterminer la droite qui passe au plus près des valeurs des points mesurés, minimisant ainsi l'erreur d'approximation : c'est l'optimisation. Avec l'équation de la droite, on peut ensuite prévoir l'espérance de vie pour d'autres années. Par exemple, pour l'année 2040, on peut estimer une espérance de vie de $y = 0{,}2385 \times 2040 - 397{,}83 = 88{,}7$ ans.

Achevé d'imprimer par Pulsio Print,
en Bulgarie, en février 2021
Dépôt légal : mars 2021